馮翊綱

序

田都元帥在天上的新舞臺唱戲

徐亞湘

研究臺灣戲曲二十餘年，一直有田都元帥與新舞臺隨行而覺溫暖豐盈，更重要的是我因而尋得了土地認同與情感歸屬。

讀研究所時其實還不忘情於舞台劇表演，但很快地因著北管調查研究計畫的田野工作而認清了自己的能力與方向，這是冥冥中的生命召喚與提醒。因而跑遍了全臺灣的田都元帥廟與西秦王爺廟，因而完成了臺灣戲神信仰的碩士論文，因而奉祀田都元帥再也不吃毛蟹，因而確立了臺灣戲劇史的研究方向。這一切，都因臺灣戲曲、音樂的祖師爺田都元帥的一抹微笑與說不清的聯繫開始。

萬華龍山寺旁青草街口的地藏王庵右龕有一軟身的田都元帥金身，原來供奉在清領時期北臺灣最早的田都元帥廟紫來宮，日治末期因都市計畫道路拓寬被拆而移祀來此。每年農曆六月十一老爺聖誕日前，我總會到那兒同十八青春即昇天的祂報告聊聊，並祈求祂對家人友朋及所有老藝人的護祐，多年來，竟也成為一種習慣與儀式。後來，年年與宜人京班老藝人於此日的聚餐，更是我研究過程中最美好溫馨的時刻，儘管老藝人們近年陸續仙逝不少，但我仍能感受到田都元帥對子弟們及其家屬巨大的安慰與影響。人何其渺小與無助，總認為戲劇人需要戲神信仰以資虛心、感恩前行，而我慶幸早已有了田都元帥的帶領與護持。

後來，我投入日治時期臺灣戲曲史研究，臺灣第一座戲曲商業劇場——新舞臺又進入我的視野並成為重要的研究對象。新舞臺的全名是臺灣新舞臺，前身是一九〇九年落成啟用的淡水戲館，這座僅晚於上海新舞臺一年的新式劇場，座落於現在臺北後車站的太原路上，一九一六年為辜顯榮獨資買下後更名為臺灣新舞臺，是當時來臺灣演出的中國戲班和本地戲班在臺北演出的首選。新舞臺伴隨著臺灣商業劇場發展，並成為當時臺北顯著的地標與臺灣民眾重要的情感記憶。

毀於日治末期空襲的新舞臺，辜振甫、辜濂松叔姪二人合作，於一九九七年再建新舞臺於信義計畫區。歷史接上了，新局亦開展，在幸懷群館長的戮力下，此私人經營的中型劇場再次為臺北市民創造了藝文新可能，並在新興的商業區中形塑出特有的文化景觀。令人遺憾的是，就在新舞臺將屆百年之際，新舞臺被拆了。前次新舞臺毀於戰火，這次新舞臺卻毀於一位不尊重歷史、文化、記憶與情感的自家人之手。二十年前新舞臺尚有再現良機，此時之後，新舞臺卻只能永存有緣人心中了。

阿綱的新戲《弄》我有幸先睹為快，驚訝他把田都元帥和新舞臺都入了「戲」，虛虛實實，在演員嘴上，在觀眾心中，都成了真的。而這份藝術之真，透過【相聲瓦舍】的中介傳遞，讓無緣與二者相遇的觀眾們在笑聲中靠近與關懷，於是，田都元帥與新舞臺又以另一種姿態再生了。十年前我曾感動於宮藤官九郎所編的日劇《虎與龍》讓日本落語有了當代的新生命，現而今，阿綱也做著同樣的事，他透過相聲藝術讓傳統戲曲、戲神信仰與劇場興替等嚴肅命題，以一種輕鬆、笑鬧、嘲諷的方式滑進青年觀眾的心中，悄悄地種下了一顆溫暖、好奇的藝術種子，我相信，開出一朵朵生命奇花當在不遠處。

（本文作者為國立臺北藝術大學戲劇系教授）

劇本　下半場

附錄　得其環中　以應無窮

—劇本— 上半場

《弄》這個作品分成兩階段完成。二〇一六年夏天完成前七段，提交參加臺灣文學館的創作比賽，也就是這個部分獲得「劇本金典獎」入圍獎勵。秋天時又增寫了尾段「鬼」。

本書的內容，是創意的全部展現，但篇幅過大，演出本做了新調度，不同於出版文本。

【相聲瓦舍】馮翊綱、宋少卿、黃士偉，在二〇一七年三月二十三日，新北市藝文中心，首演《弄》。

◎人物

千呼 從教坊出走的藝人，為人嚴謹。
萬喚 被教坊開除的藝人，開朗活潑。
青衫 被朝廷貶黜的官員，個性豪邁。

三人都身著古裝，但時代不考究。

◎時空

事件假設發生在一千多年前，一條大河的岸邊。
場景是三顆奇形怪狀的巨石，矗立在上舞台中央。

【一】會

（舞台一角擺放一套雅緻的桌椅。青衫、千呼、萬喚正在拱手作別。）

青衫：正所謂「同是天涯淪落人，相逢何必曾相識」，二位兄台，就此別過。
千呼：告辭了！
萬喚：告辭，大人多保重。
青衫：「天長地久有時盡」，真不知何年何月才能再次相見？
千呼：所謂「人生不相見，動如參與商。」大人不必感慨。
萬喚：而且，當今這個世道，我等梨園子弟，在京城都待不住了。
千呼：還說哩！都是你！
萬喚：被教坊開除，又不是我自願的。你自己愛罵人，拂袖而去，怪我？
千呼：當初你不要喝那麼多酒，誤了演出，也不會被開除呀！

萬喚：怎麼樣，我就是故意的！

青衫：好了好了，二位，都過去了，從今以後「內外及中間，了然無一礙」，一切自在了！

萬喚：大人說得對。

千呼：大人遠離朝廷，也算是幸運。

青衫：是呀，「上窮碧落下黃泉，兩處茫茫皆不見。」

萬喚：夜深了，大人請回吧。

青衫：唉！「不得哭，潛別離，不得語，暗相思，三心之外無人知！」

萬喚：大人！

千呼：大人！

青衫：「一看腸一斷，好去莫回頭。」

千呼：「揮手自茲去，蕭蕭斑馬鳴。」

萬喚：但是，「我達達的馬蹄，是美麗的錯誤，我不是歸人，是個過客。」

（頓。）

青衫：這是？

千呼：六六五四。

青衫：啊？

萬喚：我偏好長短句。

青衫：李太白之風！有意思！我非常喜歡他的〈憶秦娥〉……

千呼：三七三四四，七七三四四。

青衫：以及〈秋風詞〉……

千呼：三三五五七七，五五七七七七。

青衫：這究竟是？

萬喚：字數。

青衫：啊？

萬喚：我師兄有項專長，算是某種無意義的特異功能，會背誦詩詞的格律字數。

青衫：特異功能啊？「綠螘新醅酒」？

千呼：五五五五，〈問劉十九〉。

青衫：「一道殘陽鋪水中」？

千呼：七七七七，〈暮江吟〉。

青衫：「花非花，霧非霧。夜半來，天明去。來如春夢幾多時？去似朝雲無覓處。」

千呼：三三三三七七。

青衫：（興奮，對萬喚）你說！你說！

萬喚：「殘凋的花兒，隨地葬，過橋的馬兒，不回頭。」

千呼：五三五三。

青衫：再說！再說！

萬喚：「莎老頭、馬羅，再會。」

千呼：三二二。

萬喚：「易卜生、奧尼爾，再會。」

千呼：三三二。

萬喚：「優孟和唐明皇，再會，李漁和洪昇，再會。」

千呼：六二五二。

萬喚：「一千聲再會，一萬聲再會，恆河沙數，又六次方的再會！再會，劇場，劇場，再會！」

千呼：五五四七二二二二。

萬喚：「悲莫悲兮，生別離，而在他年，在無法預知的重逢裡，我將再也不能、再也不能，再如今夜，這般的美麗。」

千呼：四三四九六四四五。

萬喚：「出、出、出、出、出、出、出、出，直到我們看見天空。」

千呼：一一一一一一八。

萬喚：「當你的女友已改名瑪麗，你怎能送她一首〈菩薩蠻〉？」

千呼：七七五五五五五五。

（頓。）

青衫：字數好像不對？

千呼：七七五五五五五五，是〈菩薩蠻〉。

（頓。）

千呼：二九一三三七九〇，八六六五九七〇三，〇九三二三七〇八八，〇八〇〇……
萬喚：（故意打斷）好了好了，不要再耽誤了，大人，您該走了。
青衫：本來想走，現在不想走了。
萬喚：啊？
青衫：二位令我想起過往的時光，如今賊寇四起，天下大亂……

（燈光變幻，三顆巨石隨音樂節奏閃爍光芒。）
（喜慶音樂伴隨鑼鼓聲。三人歡欣鼓舞地蹦蹦跳跳。）
（一切又歸於平靜。）

青衫：今夜一別，更不知何日能盡展歡顏？不如通宵達旦，多聽聽你們的故事。
萬喚：我們的故事？
千呼：我們的故事很簡單。
萬喚：我們的故事惹您笑。

青衫：對！故事越簡單越好，一聽就懂，一聽就笑的最好。

萬喚：這？

千呼：這？

青衫：說一個！

（青衫自顧自地走開，讓出舞台給千呼、萬喚。燈光變化。）

【二】媚

（桌椅被移放到舞台中央。）

（燈光變化完成，千呼、萬喚閒坐在椅子上。）

萬喚：從前，有一個人，他娶了三個老婆。

千呼：好命人。

萬喚：怎麼知道他好命？

千呼：娶三個老婆，還不好命？

萬喚：娶三個老婆，好命？

千呼：齊人之福嘛。

萬喚：您聽我說完。

千呼：您請說。

（頓。）

萬喚：大老婆會燒菜，二老婆會染布，小老三會跳舞。

千呼：真好。

萬喚：老爺喜歡吃大老婆燒的菜，也喜歡穿二老婆染的衣。然而，他最喜歡的……

千呼：是什麼？

萬喚：還是看小老三跳舞。

千呼：有偏好。

萬喚：他們一家，和樂融融地住在省城最繁華的街坊。

千呼：不就好命人嘛。

萬喚：三進的大宅院，有大院小院、正房廂房、花園水池、亭台樓閣。

千呼：不太特別嘛？

萬喚：有錢人家的房子，都是這樣。

千呼：很無趣的。

萬喚：有一天，胭脂鋪的伙計上門通報。

千呼：賣化妝品的。

萬喚：說是進了一批新貨，又有「石榴紅」、又有「螺子黛」。

千呼：什麼是「石榴紅」？

萬喚：一種胭脂，抹臉的。

千呼：什麼又是「螺子黛」？

萬喚：一種彩妝，畫眉毛眼線的。

千呼：名堂不少。

萬喚：胭脂鋪的新貨，請老爺到櫃上來挑選。

千呼：百貨公司的ＶＩＰ之夜。

萬喚：差不多。

千呼：是吧。

萬喚：於是，老爺帶著小老三，準備出門買胭脂。

千呼：他不是有三個老婆嗎？

萬喚：還沒出正門，就被攔下了。

千呼：追來了。
萬喚：大老婆追出來，說：「我也要去！」
千呼：是該帶她去。
萬喚：二老婆追出來，說：「我也要去！」
千呼：也該帶她去。
萬喚：老爺就帶著三個老婆買胭脂。
千呼：都該帶去。
萬喚：每個人都買到自己喜歡的胭脂。
千呼：對，要公平。

（頓。）

萬喚：又有一天，絨線鋪的伙計上門通報。
千呼：賣服裝材料的。
萬喚：說是進了一批繡花鞋，又有「團花錦簇」、又有「鴛鴦雙飛」。

千呼：您聽聽！

萬喚：請老爺到櫃上來挑選。

千呼：都有專屬服務。

萬喚：於是，老爺帶著小老三，準備出門買繡鞋。

千呼：怎麼又只帶她呀？

萬喚：剛轉過二院，大老婆、二老婆又追上了。

千呼：是要追來。

萬喚：「我也要去！」

千呼：「我也要去！」

（頓。）

萬喚：老爺帶著三個老婆買鞋，每個人都買到自己喜歡的繡花鞋。

千呼：對，不可以偏心。

萬喚：又有一天，菓子鋪的伙計上門通報。

千呼：柑仔店？

萬喚：師傅新發明的點心剛出爐，又有「脆甜果仁卷」、又有「醉心杏桃酥」，請老爺到櫃上來挑選。

千呼：那他？

萬喚：於是，老爺帶著小老三，靜悄悄的，從後門出去。

千呼：故意的！

萬喚：剛出了後門，看見一輛騾車。

千呼：等在那兒了。

萬喚：車帘掀開，大老婆、二老婆已經坐在車裡。

千呼：算準了你們要偷跑！

萬喚：兩人齊聲喊道……

二人：「我也要去！」

萬喚：老爺只好帶著三個老婆，上菓子鋪吃點心。

千呼：要說他也太偏心了！

萬喚：這種偏心，是合乎常理的。

千呼：這還有理？

萬喚：您想，要是大老婆夠好，何需要娶二老婆？

千呼：這……

萬喚：要是兩個老婆就夠滿足了，又何需要娶三老婆？

千呼：這……

萬喚：其實，當初，這個人只有一個老婆。

千呼：一切都有個開頭。

萬喚：年輕時住在鄉下茅草房，父母給挑的髮妻，身子健朗模樣俏，又有一手好廚藝，老公有口福不說，還搭了一個小食棚，熬粥煮麵，四鄰都說好。

千呼：很完美呀！

萬喚：硬是要挑剔這女人？

千呼：她有什麼缺陷？

萬喚：她是鄉下姑娘，一雙天足大腳。

千呼：這是自然美，不算缺陷。

萬喚：最難能可貴的，是他們夫妻恩愛，雖然膝下無兒，卻能相敬如賓。

千呼：好啊。
萬喚：大家都羨慕他，娶了一個好老婆。
千呼：是好啊。
萬喚：他們的小吃攤兒很掙錢，不多久，夫妻倆搬到鎮上，買了一間邊角房。
千呼：太好啦！還有什麼不滿意的？
萬喚：巧了，隔鄰是間大染坊，剛葬了爹爹又死了娘。
千呼：隔壁鄰居辦喪事。
萬喚：剩下一個姑娘好淒涼。
千呼：關他什麼事呢？
萬喚：老爺說：「不如納妾，也為我家添香火。」
千呼：傳宗接代，這是古代男人納妾的基本藉口。
萬喚：就把二老婆娶過了房。
千呼：滿意了。
萬喚：硬要挑剔這女人？
千呼：她也有問題？

萬喚：她兩手染布，皮厚指頭粗。

千呼：這叫勤快，更美！

萬喚：從今後，大老婆館子炒菜忙，二老婆繼續開染坊。

千呼：命太好了！

萬喚：最難能可貴的，是兩個老婆雖然都沒生娃娃，卻情同姊妹。

千呼：好得過分了！

萬喚：不爭不搶。

千呼：好得天怒人怨了！

萬喚：大家都羨慕他。

千呼：好得不好意思了！

萬喚：娶了兩個好老婆。

千呼：好了！

（頓。）

萬喚：飯館、染坊都很掙錢，都交到伙計手下做。
千呼：晉升為老闆。
萬喚：老爺帶著大老婆、二老婆，搬到省城，悠哉悠哉，只管過清閒日子。
千呼：從勞方變成資方。
萬喚：老爺迷上了勾欄院裡的戲子。
千呼：還把妹呀？
萬喚：那女人舞姿曼妙，無可挑剔！
千呼：廢話。
萬喚：老爺說：「不如再納一妾，為我家添香火。」
千呼：根本是藉口。
萬喚：從那日起，老爺不論走到哪兒，都帶著小老三。
千呼：老大老二呢？
萬喚：大老婆、二老婆只要趕得及，都會追上，大呼……
二人：「我也要去！」

（頓。）

萬喚：最難能可貴的，老爺總是默不作聲。

千呼：他最好別說話。

萬喚：三個老婆為顧全大局，也相互忍讓。

千呼：最好都不要說話。

萬喚：大家都羨慕他。

千呼：外人不要說話！

萬喚：娶了三個好老婆。

千呼：你不要說話！

（頓。）

萬喚：幹嘛生氣呀？

千呼：太可氣了！好命人！命好到令人髮指的程度！

萬喚：故事還沒說完呢。
千呼：我懂！這個世界不公平，有人就是這麼好命！
萬喚：所以要靠說故事，來扭轉乾坤。
千呼：此話怎講？
萬喚：現實是殘酷的，窮人未必能翻身，好人未必有好報。
千呼：生氣呀。
萬喚：說個故事，把我們帶離現實，享受短暫的幻覺。
千呼：我感覺好一點了。
萬喚：好一點了嗎？
千呼：好多了。
萬喚：然而，好景不常。
千呼：你這人怎麼這樣啊？
萬喚：賊寇四起，天下大亂。

（燈光變幻，三顆巨石隨音樂節奏閃爍光芒。）

（喜慶音樂伴隨鑼鼓聲。千呼、萬喚歡欣鼓舞地蹦蹦跳跳。）

（一切又歸於平靜。）

千呼：天災易躲，人禍難防……這樣的轉折太出乎意料之外了。

萬喚：官軍無能，棄城逃亡，眼看賊兵就要進城了。

千呼：報應太快了。

萬喚：老爺要小老三收拾細軟。

千呼：準備逃難。

萬喚：她整籠、裝箱、款行囊。

千呼：不要搞得太複雜。

萬喚：肚兜、襪子、手帕……

千呼：逃難，那些可以不要帶了。

萬喚：套了三輛騾車才帶上。

千呼：太累贅了。

萬喚：大老婆、二老婆……

千呼：她們怎麼樣？

萬喚：兩人都換上了二老婆染的陰丹士林粗布衣裳，各兜著一個包袱，說：「我也要去！」

千呼：「我也要去！」都該一起去。

萬喚：一家人回到了城外鎮上的邊角房。

千呼：隔壁是二老婆的娘家，大染坊。

萬喚：半個月過去了。

千呼：過去了，怎麼樣呢？

萬喚：聽說賊寇開始打敗仗，也逃到了鎮上。

千呼：怎麼這麼討厭哪！

萬喚：老爺要小老三換著輕便衣裝。

千呼：又要逃難了。

萬喚：她裡三層、外三層，金銀首飾都纏在腰間褲襠。

千呼：她挺有錢的噢！

萬喚：大老婆、二老婆……

千呼：她們怎麼樣？

萬喚：一人背著一個麵粉袋。

千呼：帶著麵粉逃難？還準備在路上做烙餅、刀削麵？

萬喚：會不會太盧了！不是！

千呼：不然帶的是什麼？

萬喚：那是大老婆蒸的窩窩頭。

千呼：喔……

萬喚：兩人異口同聲地說……

二人：「我也要去！」

萬喚：一家人回到了鄉下，一間半倒的茅草房。

千呼：老爺的祖厝。

萬喚：老爺病倒了。

千呼：啊？

萬喚：就躺在自己出生的茅棚子裡。「我……我……我……」

千呼：他怎麼樣？

萬喚：「你……你……你……」

千呼：說呀！怎麼樣？

萬喚：三天後，一命嗚呼。

千呼：啊？

萬喚：髮妻當下哭斷了腸……

千呼：啊？

萬喚：大呼：「我也要去！」夜半懸梁。

千呼：啊？

萬喚：賊兵被剿滅，天下還太平。二老婆回到染坊，失魂落魄，遺書一封，上寫「我也要去！」投井而亡。

千呼：啊？

萬喚：你別光「啊」好不好！

千呼：我……我……我……

萬喚：你……你什麼呀？

千呼：你……你……你……

（頓。燈光變化，青衫上。）

萬喚：小老三回到省城大宅院中，眉點「螺子黛」，頰撲「石榴紅」，身繡「花團錦」，足踏「鴛鴦飛」。嘴裡嚼著「果仁卷」，盤裡還有「杏桃酥」。月色下，翩翩起舞。

千呼：她……她……她……

萬喚：是呀，你發現了沒有？這小老三，在整個故事裡，一句台詞也沒有。

千呼：她……她……她……

萬喚：她從來不需要說什麼。

千呼：她……她……

萬喚：小心，這只是一個故事，聽故事而氣死，太荒唐了。

（青衫試探地發言。）

青衫：這就……說完了？

萬喚：說完了。
青衫：那……我也說一個？
萬喚：您說。
青衫：我一人說？還是誰陪我說？
萬喚：我好累，我想休息一下。
千呼：對，他剛才說話太多，累了，讓他休息，我陪您說。

（萬喚下，燈光變化。桌椅被撤走，一個空台。）

【三】櫃

青衫：從前，有兩個gay。

（頓。）

千呼：你一張嘴，口味就這麼重喔？

青衫：為了不落俗套，給觀眾換換口味。

千呼：請注意，我們這是一齣古裝戲，古代也有gay喔？

青衫：自開天闢地以來，世界上原本只有gay，多麼完美、多麼和平。但是有些人墮落了，追求外觀上的差別，刻意分化出陰陽，才產生了男女，故意製造了不平等。

千呼：這是什麼歪理呀？

青衫：現代觀念開放，大家都不再大驚小怪了。但是古代的gay，顧慮到其他人的愚昧，也是為了減少不必要的驚嚇，行事作風比較低調。
千呼：對。
青衫：所以，經常要忍辱負重，隱藏自己的真實性向，以安慰父母家人。
千呼：啊？
青衫：兩個gay，不能在一起，痛苦的分開了。分別娶了老婆，生了兒子。
千呼：真好。
青衫：真慘。
千呼：啊？
青衫：更慘的是，他們的兒子，由於欠缺正確的引導，都不是gay。
千呼：這樣很遺憾嗎？
青衫：春天出生的那個，叫枇杷。
千呼：「猶抱琵琶半遮面」的「琵琶」。
青衫：不，「蜜煉川貝枇杷膏」的「枇杷」。
千呼：怎麼給兒子取這種名字啊？

青衫：春天，看見樹上結的枇杷，自然而然就取了嘛。
千呼：好。
青衫：崇尚自然嘛。
千呼：好好！
青衫：另外一個，在秋天出生，叫柿子。
千呼：「四十四隻石獅子」的「獅子」。
青衫：不，「四十四棵死柿子」的「柿子」。
千呼：啊？
青衫：崇尚自然嘛！
千呼：好好好。
青衫：他們的父親，今生不能結合，只好結拜，以兄弟相稱。
千呼：拜把兄弟。
青衫：兩個老gay，為了有意將兒子們導入正途，培養小gay，要給他們製造機會，於是讓他們遠離家鄉，送到城裡的官學唸書。
千呼：官學，相當於現在的公立高中。

青衫：因為要上學，名字就不能太隨便，叫什麼「枇杷」「柿子」的。
千呼：再加上「龍眼」「荔枝」，就可以開超市了。
青衫：什麼？
千呼：沒有。
青衫：所以，枇杷的父親給他取了一個學名。
千呼：薔薇科，枇杷屬，學名叫「*Eriobotrya japonica*」。
青衫：什麼東西？
千呼：枇杷的學名。
青衫：是「猶抱琵琶半遮面」的琵琶。
千呼：喔，從水果的「枇杷」，改成樂器的「琵琶」。
青衫：比較典雅。
千呼：也對。
青衫：柿子的父親，也給柿子取了學名。
千呼：那是？
青衫：「四十四隻石獅子」的獅子。

千呼：從果樹上的「柿子」，變成動物園裡的「獅子」。
青衫：暱稱「Leo」。
千呼：還有洋文哪？
青衫：比較威武。
千呼：也對。
青衫：臨行前，兩對父子聚在一起吃了一頓飯。
千呼：餞行。
青衫：兩個父親，再三地暗示兩個兒子，兩家是世交。
千呼：跨越世代的交情。
青衫：父親是結拜兄弟，兒子可以更超越兄弟。
千呼：什麼意思？
青衫：意思就是，在生活上一定要相互照應，親如兄弟，但如果必要的時候，可以不要顧慮兄弟關係。
千呼：說得太曖昧了。
青衫：兩個兒子似懂非懂，琵琶說：「我會。」獅子說：「我也會。」

千呼：好。

青衫：到了學校，各自安頓。琵琶寫了一副對聯，貼在宿舍門口。

千呼：寫的是？

青衫：學問門裡多張口，壯志心上成名士。

千呼：寫得好！

青衫：同學們都說寫得好！

千呼：再說一次，上聯是？

青衫：學問門裡多張口。

千呼：太對了，學問學問，是多多張口，問出來的，好！下聯是？

青衫：壯志心上成名士。

千呼：志氣的志，就是名士之心！對聯寫得是謙虛、又有遠見，太好了！

青衫：同學們把教授請來看，教授看了也喜歡，大大稱讚了琵琶。

千呼：好孩子。

青衫：然而，獅子頗不以為然。

千呼：怎麼呢？

青衫：快手寫了一副對聯，貼出炫耀？
千呼：這是什麼想法呀？
青衫：覺得自己被冷落。
千呼：那就難怪了。
青衫：說了一句：「那有什麼？我也會。」
千呼：也會？會要實際去做呀！
青衫：心中卻暗下決定，今後絕對不寫對聯。
千呼：這是何苦呢！
青衫：晴天，大家到外頭放風箏。
千呼：課外活動。
青衫：琵琶紮了一個大鴿子。
千呼：鳥形的風箏，他會做呀？
青衫：親手綳糊親手畫。
千呼：厲害。
青衫：還在邊角裝了哨子，放飛上天，唏唏呼呼會唱歌。

千呼：好！
青衫：同學們都說好，紮得好、畫得好、飛得好。
千呼：是好。
青衫：還把教授也請來看，教授看了也喜歡，大大稱讚了琵琶。
千呼：這孩子是優秀！
青衫：獅子頗不亦為然。
千呼：他又怎麼了？
青衫：放風箏是閒事，有時間放風箏，不如多背幾篇《孟子》。
千呼：讀書之餘，正當的休閒活動，也是必要的。
青衫：獅子坐在窗邊，看著天上的鷂子，說了一句：「那有什麼，我也會。」
千呼：會？會要實際去做呀！
青衫：心中卻暗下決定，今後絕對不放風箏。
千呼：這種想法有點無聊。
青衫：雨天，大家窩在房裡閒悶。
千呼：不能出去玩。

青衫：琵琶煮了一鍋蓴菜湯餅。
千呼：湯餅就是麵條，這我知道，蓴菜又是什麼？
青衫：蓴菜是生長在淡水池塘或是湖裡的水生植物，口感類似海帶。
千呼：淡水蔬菜。
青衫：蘿蔔熬的湯底，手工抻拉的條子。
千呼：嘿！
青衫：湯底鮮、蓴菜脆、麵條筋頭！
千呼：好。
青衫：同學們都說好。
千呼：聽得我都餓了。
青衫：還給教授端了一碗，教授也喜歡，大大稱讚了琵琶。
千呼：這孩子太奇葩了！
青衫：獅子不以為然。
千呼：他幹嘛啦！
青衫：君子遠庖廚，下廚煮麵，不如再看一遍《左傳》。

千呼：不要死讀書，沒有意義。
青衫：他坐在榻上，看著狼藉的鍋碗，說了一句：「那有什麼，我也會。」
千呼：我看他並不會！
青衫：心中卻暗下決定，今後絕對不下廚房。
千呼：隨便。
青衫：原本以為，可以一直這麼單純地讀書、生活著。
千呼：太好了。
青衫：然而，好景不常。
千呼：怎麼了？
青衫：賊寇四起，天下大亂。

（燈光變幻，三顆巨石隨音樂節奏閃爍光芒。）
（喜慶音樂伴隨鑼鼓聲。千呼、青衫歡欣鼓舞地蹦蹦跳跳。）
（一切又歸於平靜。）

千呼：我說這賊寇怎麼這麼討厭哪！
青衫：他們的學業被迫中斷，逃難到異鄉。
千呼：流離失所呀。
青衫：逃到一個大宅院裡，暫時安全。
千呼：還好。
青衫：三進的大宅院，有大院小院、正房廂房、花園水池、亭台樓閣。
千呼：這地方有點熟啊？
青衫：有錢人家的房子，都是這樣。
千呼：喔。
青衫：據說這家老爺，娶了三房老婆。
千呼：三……這會不會太巧了？
青衫：房間多，家具多，櫃子也多。
千呼：櫃子多？
青衫：裝衣服的衣櫃，裝碗的碗櫃，裝酒的酒櫃，裝書的書櫃，桌邊櫃、床頭櫃、儲藏櫃，門上刻著虎頭的虎頭櫃，門上刻著龍頭的龍頭櫃。

千呼：有沒有菜頭櫃呀？
青衫：什麼？
千呼：無聊，別理我。
青衫：「墊飾」櫃。
千呼：什麼朝代？
青衫：收座墊、裝飾品的「墊飾」櫃。
千呼：這叫「墊飾」？
青衫：「店瑙」櫃。
千呼：什麼朝代？
青衫：從店裡買回來的瑪瑙。
千呼：這叫「店瑙」？
青衫：電子冰櫃。
千呼：我看還是別問了。
青衫：為什麼不問了？
千呼：你一定有說法的嘛，問了顯得我笨。

青衫：不要怕笨，問一下嘛。
千呼：算了，不要問了。
青衫：問嘛。
千呼：不要問。
青衫：你問不問？

（頓。）

千呼：請問，「電子冰櫃」是什麼？
青衫：就是一個鐵櫃子，插電，就會降低溫度，食物存放在裡面，可以保持新鮮。
千呼：你說的，是「電冰箱」？
青衫：對，現代人一般都叫它電冰箱。
千呼：你說的故事是什麼朝代？怎麼會有電冰箱？
青衫：你笨哪！我說的故事是古代，電冰箱還沒有發明。
千呼：沒發明你說它幹什麼呢？

青衫：不就為了證明你笨嘛。

（頓。）

千呼：還有沒有？

青衫：菜頭櫃。

千呼：真有啊？

青衫：門上刻著一顆大菜頭的櫃子。

千呼：你……

青衫：很不幸的，賊寇追到這個大宅院。

千呼：太氣人了。

青衫：大家都非常害怕。

千呼：怎麼辦呢？

青衫：琵琶靈機一動，跟大家說：「快！快躲進櫃子裡！」

千呼：快躲吧！

青衫：很幸運的，賊寇都沒有發現櫃子裡的人。

千呼：奇怪了？一般賊寇進了大宅院，都會翻箱倒櫃，怎麼這幫賊寇不會呢？

青衫：因為，大家為了躲進櫃子裡，把櫃子裡的東西都已經翻出來，擺在外面，賊寇拿了就跑，所以沒發現。

千呼：哎呀，我該稱讚學生「好聰明」？還是笑賊寇「好笨哪」？

青衫：你不要說話好了。

千呼：啊？

青衫：因為，重要的時刻來臨了！

千呼：什麼事？

青衫：賊寇走了，學生們，就從櫃子裡面，出來了。

千呼：出來了。

青衫：從衣櫃裡出來了，從碗櫃裡出來了，從酒櫃裡出來了，從書櫃裡出來了，從「墊飾」櫃裡出來了，從「店瑙」櫃裡出來了，從菜頭櫃裡出來了！

千呼：他們都出櫃了。

青衫：孺子可教，將來一定有出息。

千呼：我……我說什麼了？

青衫：因為琵琶一句話而救了大家，大家都非常感謝他。

千呼：是一個了不起的人哪！

青衫：獅子不以為然。

千呼：我不在乎他的意見。

青衫：「這算什麼？我也會！」

千呼：什麼他都會，什麼都不做。

青衫：天下終於回復了平靜。

千呼：還好。

青衫：琵琶、獅子都倖免於兵災，回到家鄉。

千呼：活著，就是福氣。

青衫：琵琶感覺到世事如洪流，人在其中，不免時時驚慌，不如退守本分，耕讀度日。

千呼：他才幾歲，就想要退隱哪？

青衫：不是退隱，行有餘力時，依然可以服務鄉里。

千呼：這倒是很好。

青衫：他把想法對獅子說了，獅子極度不以為然，怒叱了琵琶！
千呼：幹嘛要罵人哩！
青衫：獅子認為，大丈夫功名未成，卻萌生隱退念頭，何異虛度人生？
千呼：人各有志，不要勉強。
青衫：他便與琵琶絕交。
千呼：這麼偏激呀？
青衫：閉門讀書。
千呼：這麼八股呀？
青衫：專注求取功名。
千呼：這麼……被收編了呀？
青衫：不多久，琵琶娶親。
千呼：恭喜恭喜！
青衫：消息傳到獅子耳裡，他說了一句：「待得功成名就，我也會。」
千呼：真的嗎？
青衫：心中暗下了一個決定。

千呼：誰要嫁給他？
青衫：又不多久，琵琶添了一個千金。
千呼：恭喜恭喜！
青衫：獅子說了一句：「待得功成名就，我也會。」心中又暗下了一個決定。
千呼：誰要給他生？
青衫：再不多久，琵琶再添了一個壯丁。
千呼：恭喜恭喜！
青衫：獅子說了一句：「待得功成名就，我也會。」心中再暗下了一個決定。
千呼：我覺得這種人，將來成就一定很高欸！
青衫：獅子奮力攻書，果然有成，高中第一甲進士，瓊林飲宴，好不風光！
千呼：他要的就是這個嘛。
青衫：而琵琶在家鄉，為了貼補家用，開個小小的私塾，教寫字句讀、啟童蒙。
千呼：服務鄉里。
青衫：獅子聽說此事，嗤之以鼻，「嗟！這是個人都會。」
千呼：但是他不會。

青衫：琵琶在鄉里間，是少數能讀會寫的書生，為了鄰居的書信、契約，甚或是家常的賀辭輓聯、年節的披紅掛綠，疲於奔命，大家倚仗琵琶，都尊稱「老師」。

千呼：服務鄉里。

青衫：獅子又嗤之以鼻，「嗟！這是個人都會。」

千呼：但是你不會！

青衫：琵琶的老父，端午節前辭世，琵琶家境普通，薄棺一口，簡單發喪，但因為在家鄉善緣廣結，鄰里們前來送行，都道琵琶是個孝子。

千呼：是個孝子。

青衫：獅子再嗤之以鼻，「嗟！這是個人都會。」

千呼：是人都會，但他不會！

青衫：獅子善寫奏章，總能切中利弊。

千呼：這就是他要的。

青衫：因此深得皇上欣賞，屢獲嘉獎。

千呼：這就是他要的。

青衫：獅子官場順遂。

千呼：這就是他。
青衫：給家裡修建大房子。
千呼：這就是他，我不想知道了。
青衫：但是因為公務繁忙，從未返鄉。
千呼：這……這就是他！

（頓。）

青衫：告訴你一個祕密。
千呼：什麼祕密？
青衫：其實，琵琶的爹沒死。
千呼：沒死？
青衫：是獅子的娘死了。
千呼：啊？
青衫：琵琶將獅子的娘葬了。

千呼：他為什麼要這麼做？誰死了娘，誰來葬啊！

青衫：這件事不能讓獅子知道。

千呼：為什麼？

青衫：因為他保守。

千呼：何止保守！

青衫：因為他八股。

千呼：何止八股！

青衫：因為他不通情理。

千呼：何止不通情理！

青衫：因為他欠缺同理心。

千呼：根本不通人性！

（頓。）

青衫：所以，絕對不能讓獅子知道，他娘死了。

千呼：為什麼？
青衫：而且，琵琶的爹，住進了他們家。
千呼：為什麼？
青衫：琵琶的爹，化妝成獅子的娘。
千呼：為什麼？
青衫：兩個老gay……
千呼：啊？
青衫：從此幸福快樂的生活在一起了。
千呼：這……
青衫：這什麼這？我也會！
千呼：這……

（青衫自顧自地離開，燈光變化。）

【四】累

（燈光變換中，千呼離場。萬喚一個人走上了台。）

萬喚：從前，有兩個妖怪。

原本只是兩顆被遺忘的鴨蛋，各自被母鴨生下來，各自意外地滾出了巢穴，一個在西北高原，跌進了鹹水湖裡，一個在東南森林，埋在泥灰裡。

春天，颳著東風，大雷雨從東南下到了西北，翻滾了泥灰也翻滾了鹹水。

夏天，颳著南風，大太陽從南邊照到了北邊，曬熱了泥灰也曬熱了鹹水。

秋天，颳著西風，大旋風從西邊捲向了東邊，捲過了鹹水也捲過了泥灰。

冬天，颳著北風，大霜雪從西北撲向了東南，冰封了鹹水也冰封了泥灰。

於是，泡在鹹水湖裡的蛋，泡成了鹹鴨蛋。埋在泥灰裡的，埋成了松花皮蛋。

就這樣，年復一年，兩顆鴨蛋雖然相隔千萬里，卻領受著同樣的日月精華。春夏秋冬，不知道颳了多少年的東南西北風，有一天，牠們孵化了！鹹鴨蛋孵成了一隻金色的鴨子，松花皮蛋孵成了一隻銀色的鴨子。

尋常鴨蛋，孵出平凡的鴨子，鹹鴨蛋、松花皮蛋，按照常理，應該孵不出鴨子。但是，由於這兩顆蛋的遭遇非比尋常，牠們是不尋常的鴨蛋所孵出來不平凡的鴨子，所以，牠們兩個，是妖怪。

鴨子本來就是用兩隻腳走路的，因此，比其他沒有腳的，或四隻腳的妖怪，更接近人的樣子，牠們繼續吸收日月精華，卻只用了比較少的時間，就變成了半人半鴨的形狀。

住在西北的金鴨一吹氣就結冰，一振翅膀就下雪。東南的銀鴨，大喊一聲就打雷閃電，騰空飛起就變成一團火焰。

牠們的舉動，各自引起了對方的注意。金鴨駕著雪風向東南來，銀鴨騰著火雲，朝西北去，兩鴨在終南山相遇。

各使本事，施以冰、雪、火、電，皆完好無傷。乃是因為，春天淋牠們的，是同一陣雨，夏天曬牠們的是同一個太陽，秋天颳牠們的是同一襲風，冬天冰牠們的是同一場雪。牠們的際遇雷同，道行相近，本事平分秋色，兩個妖怪，不免惺惺相惜，電光石火地，動了情念。

就是這麼一個念頭，兩個妖怪，完整幻化成人形，扁嘴、翅膀、羽毛都不見了，陰陽際會，金鴨化成男相的同時，銀鴨隨之化成女相，兩個赤裸的男女，初次相見，身體就攪纏在一起。

完事之後，男人第一次口吐人言，說：「我很累。」女人也依著音律，說：「我也很累。」

牠們混進人群，學著人的舉動，學人穿衣、學人行走、學人言語，簡直人模人樣，很快的，就徹底像人，分辨不出來了。

男人說：「學做人，我很累。」女人說：「我也很累。」

吃食的習慣，一時改不過來，牠們還像鴨子般，生吃泥藻、魚貝、蠕蟲。聽人說，青菜嫩、蘿蔔脆、瓜果甜美，於是牠們試吃，覺得不錯，因為多吃了蔬菜，牠們的皮膚顯得光彩。

又聽人說，羊肉鮮、牛肉嫩、豬肉肥美，於是牠們試吃，覺得很好，因為多吃了肉，牠們的毛髮柔亮、肌肉健美。

再聽人說，熊掌豔、虎鞭炫、猴腦絕美，於是牠們試吃，覺得真妙，因為多吃了奇珍，牠們的神采顯得超然不凡。

就這樣，牠們青菜炒羊肉、蘿蔔燉牛肉、瓜果燴豬肉，吃得很像人。偶然再安插熊掌、虎鞭、猴腦，這不像一般人，牠們很像一些特殊的人。

男人說：「天天得吃，我很累。」女人說：「我也很累。」

不曉得聽誰說，吃純淨的胎兒，能增長十年功力。於是牠們試吃，覺得不錯。又不曉得誰說，吃青春的男女，能增長百年功力。於是牠們試吃，覺得很好。再不曉得誰說，吃修行的僧尼、道士、人瑞，能增長千年功力。於是牠們試吃，覺得真妙。

因為吃了人肉，牠們愈發俊美健壯，頭髮向上飄發，如火焰靈動，向下淌瀉，如清泉奔流。臉上的氣色如虹彩般，隨著天氣、環境明暗異變。

男人說：「自從學會吃人之後，我不累了！」女人說：「我也不累了！」

牠們聽說，真正要學會做人，必須讀書。由於吃了許多人肉，不累了，終於從無窮無盡的歲月中，挪出一些時光，識字讀書，有了重大發現！

原來，沙、石、草、木、蟲、魚、鳥、獸，無一不可成妖怪！動物的精、血、骨、肉，因為機緣巧合，吸收了日月精華，都有機會化成妖怪，兩顆鴨蛋，居然能共生雙修，實在是難得的緣分。而妖怪的下一步，是幻化成人形，人是萬物之靈，從人再出發，便可追求其他的進化。成神、成聖、成靈、成仙！

兩個妖怪讀了一點書，便覺功力大損，怎麼這麼累？原來，最耗損元氣的，就是讀書啊！有人發明了書，騙別人多讀書，其實是耗損真元，耽誤他人修行。牠們趕緊停了下來，發誓絕對不要再讀書了。

牠們覺得，做人太累，不如繼續吃人吧！

終於，賊寇四起，天下大亂！

（燈光變幻，三顆巨石隨音樂節奏閃爍光芒。）

（喜慶音樂伴隨鑼鼓聲。萬喚自己歡欣鼓舞地蹦蹦跳跳。）

（一切又歸於平靜。）

但是，這和兩個妖怪沒有關係。

不久之後，女人大腹便便，某日，腹痛，似要臨盆。男人慌了，問道：「娘子，你我的真身，是鴨子，這一番，是要生下人胎？還是產下鴨蛋？」

女人答道：「傻相公，鴨子自是下蛋的。」

男人又問：「下下蛋來，孵出小鴨，我們身為人形，如何教養牠們？」

女人道：「把蛋下下來，賣給人們，教他們吃下肚去，我們的孩子，便可在人腹中，直接吸取那人的魂魄，取而代之，免去百年修行，直接做人，然後吃人、成仙，豈不妙哉？」

男人面有難色，說：「畢竟是我們親生的鴨蛋，怎捨得賣人？」

女人笑道：「我們只是人形，怎可學人思考，骨子裡畢竟還是妖怪，出賣親生鴨蛋，恰如其分！」男人聽說，撫掌稱妙。曾聽人言「上有天堂，下有蘇杭」，不如搬去蘇州，賣鴨蛋吧。兩個妖怪化作一縷青煙，不見了。
牠們，跑去蘇州賣鴨蛋了。
（燈光變化。）

【五】醉

（燈光變化完成。桌椅被搬回舞台中央，千呼、萬喚二人入座。）

千呼：從前，有四兄弟。

萬喚：一個媽生的。

千呼：老大的舅舅，也是老二的親舅舅。老三的姥姥，也是老四的親姥姥。老大管老三的爹叫爹，老二管老四的娘叫娘。

（頓。）

萬喚：可不就一個媽生的親兄弟嗎？

千呼：親兄弟，爹疼娘愛。

萬喚：那就好。

千呼：有一天，老娘說：「誰想吃饅頭？」

萬喚：誰想啊？

千呼：大哥說：「我想吃。」二哥說：「我想吃。」三哥說：「我也想吃。」

萬喚：都想吃。

千呼：老四沒說話。

萬喚：他不想吃。

千呼：娘就問了，「四兒，你不想吃饅頭嗎？」

萬喚：是呀，怎麼回事呀？

千呼：老四說：「想啊，可是，我沒看見饅頭。」

萬喚：沒有饅頭。

千呼：娘這才發現，老四與三個哥哥不同。

萬喚：有觀察力。

千呼：老娘於是又問了，「那，誰來幫忙揉麵？」

萬喚：想吃饅頭，先得揉麵。

千呼：大哥說：「我沒空。」二哥說：「我沒空。」三哥說：「我也沒空。」
萬喚：您瞧瞧。
千呼：老四又沒說話。
萬喚：他怎麼個意思呢？
千呼：娘又問了，「四兒，你呢？來幫忙揉麵嗎？」
萬喚：來不來呀？
千呼：老四應了一聲，到灶下幫忙揉麵。
萬喚：好孩子。
千呼：當晚，全家人吃饅頭。
萬喚：幸福的家庭。
千呼：又有一天，爹說想吃餃子，問道：「你們誰想吃餃子？」
萬喚：餃子是好東西。
千呼：大哥說：「我想吃。」二哥說：「我想吃。」三哥說……
萬喚：「我也想吃。」
千呼：老四沒說話。

萬喚：他又怎麼了？
千呼：爹就問了，「四兒，你不想吃餃子嗎？」
萬喚：他？
千呼：老四說：「當然想啊，但是，我沒看見餃子。」
萬喚：多麼敏銳的觀察力！
千呼：這時，爹也相信了，老四將來可能成大器、做大事。
萬喚：果然與眾不同啊！
千呼：於是，試探性地問道：「那，誰來幫忙剁餡兒呀？」
萬喚：誰？
千呼：大哥說：「我沒空。」二哥說：「我沒空。」三哥說：「我也沒空。」老四……
萬喚：他？
千呼：按照慣例，沒有說話。
萬喚：所以？
千呼：也沒讓爹娘再問，起身到灶下剁餡兒。
萬喚：嘿！

千呼：當晚，全家人吃餃子。
萬喚：真是幸福的家庭。
千呼：然而，好景不常。幸福的日子沒過幾年，賊寇四起，天下大亂。

（燈光變幻，三顆巨石隨音樂節奏閃爍光芒。）
（喜慶音樂伴隨鑼鼓聲。千呼、萬喚歡欣鼓舞地蹦蹦跳跳。）
（一切又歸於平靜。）

萬喚：所謂天災易躲，人禍難防。
千呼：皇帝招兵買馬，四個兄弟都已長大成人，都要入營當兵。
萬喚：這麼倒楣呀？
千呼：爹娘依依不捨，交代四人務必協力同心，要平安歸來。
萬喚：唉。
千呼：大哥說：「我知道。」二哥說：「我知道。」三哥說：「我也知道。」
萬喚：廢話。

千呼：老四，照例沒說話。

萬喚：這種情況之下，他還能說什麼呢？

千呼：然而爹娘心裡很清楚，這個老四，與眾不同，三個哥哥想要活著回來，都得要靠這個四弟。

萬喚：也算是一種奢望啊。

千呼：四兄弟，一起當兵，四個小卒仔，很幸運地，被編在同一個將軍的麾下。

萬喚：要死也死在一塊兒。

千呼：有一天深夜，四兄弟正好輪到巡營，一個奇怪的人影在營盤間蠢動。

萬喚：有奸細！

千呼：老四說：「有奸細！」

萬喚：可不是嗎？

千呼：大哥說：「我看到了！」二哥說：「我看到了！」三哥說：「我也看到了！」

萬喚：抓奸細！

千呼：老四說：「抓奸細！」

萬喚：我也是這個意思。

千呼：大哥說：「我沒空。」二哥說：「我沒空。」三哥說：「我也沒空。」

萬喚：奇怪了？明明正在巡營，抓奸細就是他們的責任，怎麼會沒空呢？

千呼：就是呀！老四就問啦，「大哥，你為什麼沒空？」

萬喚：為什麼沒空？

千呼：大哥說：「將軍交代我抄寫榜文，還沒抄完，所以沒空。」說完就走了。

萬喚：現在想起來啦？

千呼：老四又問：「二哥，你為什麼沒空？」

萬喚：是呀，他為什麼呢？

千呼：二哥說：「將軍交代我磨劍，還沒磨完，所以沒空。」說完也走了。

萬喚：最好是！

千呼：老四再問：「三哥，你為什麼也沒空？」

萬喚：說吧，什麼理由？

千呼：三哥說：「將軍交代我餵馬，我根本忘了，所以……」話沒說完就跑了。

萬喚：太牽強了！

千呼：於是，老四自己一個人抓奸細。

萬喚：抓得到嗎？

千呼：很幸運地抓到了。

萬喚：哦！

千呼：而且在奸細身上搜到祕密文件，立了大功勞！

萬喚：看他三個哥哥慚愧不慚愧！

千呼：將軍要獎賞老四。

萬喚：好。

千呼：老四卻說：「這不是我一個人的功勞，多虧我三個哥哥，我們兄弟四人，同心協力，這才能將奸細捕獲。」

萬喚：幹嘛要說謊呢？

千呼：不然呢？

萬喚：說實話，報告真實的情況。

千呼：說「是我一個人抓的，三個哥哥臨陣脫逃」？

萬喚：這……

千呼：這是死罪。

萬喚：那就……說謊吧。
千呼：將軍很高興地，就同時獎賞了四個小兵。
萬喚：他高興就好。
千呼：四兄弟屢建戰功，很快地，四個人都晉升為參軍校尉。
萬喚：都當官兒了。
千呼：有一天，他們將賊寇的部隊團團圍住，困在一個小城寨裡。一隻信鴿從城裡飛出來。
萬喚：飛鴿傳書！
千呼：老四說：「飛鴿傳書！」
萬喚：我先說的，不要學我。
千呼：大哥說：「我看到了！」二哥說：「我看到了！」三哥說：「我也看到了！」
萬喚：長眼的都看得到。
千呼：老四說：「射下來！」
萬喚：對。
千呼：大哥說：「我沒空。」二哥說：「我沒空。」三哥說：「我也沒空。」

萬喚：怎麼會沒空？

千呼：大哥說：「我只剩下一支箭，是要射賊寇的！」二哥說：「我也只剩下一支箭，是要射賊寇頭領的！」三哥說：「我也是，只剩下一支箭，是要射賊寇山大王的！」

萬喚：合著他們都有更長遠的計畫。

千呼：老四眼看鴿子要飛走了，趕緊搭箭彎弓，颼！一箭射下了飛鴿。

萬喚：射得真準。

千呼：鴿子腳上纏著求救信。

萬喚：這萬一傳回了敵軍大營，招來了救兵，可不得了！

千呼：賊寇求救無門，終於全軍覆沒。

萬喚：好！

千呼：將軍論功行賞，認為老四射下信鴿，是勝利的關鍵。

萬喚：千真萬確。

千呼：老四卻說：「這不是我一個人的功勞，多虧我三個哥哥，我們兄弟四人，同心協力，這才能射下飛鴿。」

萬喚：又撒謊！射一隻鴿子，哪需要四個人同心協力呀？

千呼：老四答道：「我拉開大哥的弓，搭上二哥的箭，瞄準時偏了些，幸虧三哥推了一把，這才準確射中。」

萬嗅：謊話也編得太精確了，聽起來怪假的。

千呼：當然比不上您。

萬嗅：是吧。

（頓。）

千呼：然而，將軍採信了老四的說法，重重賞賜了四兄弟。

萬嗅：他高興就好。

千呼：幾年過去，就在有福同享的道理下，四兄弟都升上了將軍。

萬嗅：這故事也太不曲折離奇了吧？

千呼：戰事接近尾聲，山大王親自帶領的殘部，已逃到山窮水盡了。

萬嗅：好。

千呼：四位將軍將賊寇逼進山谷，突然，一騎駿馬突圍而出，向草原逃竄而去。

萬喚：突圍的是山大王！
千呼：你怎麼知道？
萬喚：我……
千呼：四將軍說：「突圍的是山大王！」
萬喚：果不其然嘛！
千呼：大將軍說：「我看到了！」二將軍說：「我看到了！」三將軍說：「我也看到了！」
萬喚：看到了，還不快追！
千呼：四將軍說：「追！」
萬喚：又得自己一個人去追。
千呼：大將軍說：「我沒空。」二將軍說：「我沒空。」三將軍說：「我也沒空。」
萬喚：誰問你們了？
千呼：大將軍說：「我這馬，剛剛吃飽，不能快跑，所以沒空。」二將軍說：「我這馬，懷了小馬，不能快跑，所以沒空。」三將軍說：「我這馬，是匹胖馬，沒快跑過，所以沒空。」
萬喚：簡直太腐敗了！

千呼：其實，四將軍根本沒問他們三個。
萬喚：不必問。
千呼：四將軍說「追」的時候，已然快馬加鞭地追了出去，根本沒聽他們三個的理由。
萬喚：根本別理他們。
千呼：當然，很順利地，四將軍生擒了賊寇山大王。
萬喚：可不可以不要再撒謊了？三個廢物坐享其成，我看不下去了。
千呼：這等大功勞，按照慣例，他又分給了三位兄長。
萬喚：沒道理。
千呼：四兄弟平定天下，皇帝龍心大悅，封他們四位為東南西北四方大王，與皇帝稱兄道弟。
萬喚：沒有天理。
千呼：四位王爺，從此幸福安逸地生活在皇宮裡。
萬喚：幸福家庭？完全是假象！

（頓。）

千呼：有一天，皇帝派遣大太監送來一罈陳釀的御酒。
萬喚：這是？
千呼：說是想念四兄弟，但又因為國事繁忙，不能親自到場陪同飲酒，特派欽差賜酒。
萬喚：啊？
千呼：大太監說：「皇上有旨，奴婢要親眼看見四位王爺飲酒，喝吧！」
萬喚：這種酒，能不喝，最好不要喝。就使出他們的拿手絕活兒，說「沒空」！
千呼：大王爺說：「喝酒，有空，我喝。」就喝了一大杯。
萬喚：糟了。
千呼：二王爺說：「喝酒，有空，我喝。」就喝了一大盅。
萬喚：慘了。
千呼：三王爺說：「喝酒，當然有空，我也喝。」也喝了一大碗。
萬喚：不妙了。
千呼：四王爺沒有說話。
萬喚：太好了，這次歸他沒空，別喝了。
千呼：大太監說：「怎麼著？四王爺？您不喝嗎？」

萬喚：喝酒不要勉強嘛……

千呼：「皇上親賜御酒，不喝，可算欺君之罪喲！」

萬喚：這……

千呼：四王爺依舊沒有說話。

萬喚：盡量拖延時間。

千呼：拖延個屁呀！大太監那兒盯著呢！

萬喚：怎麼辦？

千呼：還能怎麼辦？四王爺只得勉強地喝了一杯。

萬喚：完了。

千呼：大太監滿意地離開了。

萬喚：回宮稟報皇上了。

（頓。）

千呼：不一會兒，四兄弟都覺得頭昏昏，身體怪怪的。

萬喚：發作了。

千呼：四王爺說：「還是趕快請大夫吧。」

萬喚：「我沒空。」「我沒空。」「我也沒空。」

千呼：四王爺沒有說話。

萬喚：他幹嘛不說話？快動身，去請大夫呀！

千呼：就這麼過了一會兒。

萬喚：別再耽誤了。

千呼：大王爺說：「老四，我真的沒空，我胸口疼。」二王爺說：「四弟，每次都是你去呀，我真的沒空，我肚子疼。」三王爺說：「四爺爺，像從前一樣，救救我們吧！我也真的沒空，我屁股疼。」

萬喚：對呀，每次都是老四去呀！

千呼：老四還是沒有說話。

萬喚：你看，偏偏這一次，輪到老四沒空了。

千呼：又過了一會兒。

萬喚：撐不住了！

（頓。）

千呼：老大不說話了。

萬喚：他？

千呼：老二不說話了。

萬喚：他？

千呼：老三也不說話了。

萬喚：他也？

千呼：老四……

萬喚：嗯？

千呼：一直都沒有說話。

萬喚：所以？

千呼：所以，他們現在都有空了。

（燈光變化。）

【六】磊

（舞台大部分是暗的。三顆巨石此起彼落，緩緩變換著各色光芒。）

（桌椅留在舞台中央，千呼、萬喚靜靜地坐在桌邊，像一套剪影。）

（舞台一角特殊光區亮，青衫獨自站在光區裡。）

青衫：從前，有三顆石頭。

三顆石頭立在水邊，東邊一顆，是紅色的，西邊一顆，是青色的。

（隨著話語，三顆巨石像是致意似地，分別閃耀了光芒。）

中間一顆，比較特別，它既長、又扁、且高、而寬，像個屏風一般，遮蔽了東西兩顆石頭。面東的這一邊，是白色的，因此，對東邊的紅色石頭而言，立在身旁的，是一顆高聳的白色石柱。但因為西面是黑色的，所以，對西邊的青色石頭而言，身旁是一顆宏偉的黑色巨石。

天長日久，東西兩顆石頭，都不免對中央的大石頭萌生了愛意。

一日，東邊的紅石頭首先發難，向中間告白。它說自己原本是一顆更大的石頭，在一座高山頂上，因為吸收了日月精華，孕育成一顆石胎，忽而迸裂，迎風化成一隻猴子。也因為這次迸發，才生成了自己這顆殘片，在乾坤間滾動，修整成一顆獨立的石頭。

（略一停頓。）

然而，中間的石頭不為所動，只靜靜地看著自己水中的倒影。

西邊的青石，雖不知東邊的動靜，發乎於自己的衝動，也開始闡述。它說自己的身上原本插著一柄寶劍，很多人都曾經試著拔出寶劍，都沒有成功。有一天，一個少年不經意地順手一抽，寶劍就被拔走。因為這一抽它動了起來，在宇宙間翻滾，原本插著寶劍的縫隙，也磨圓了。

中間的石頭，仍不為所動，默默地，看著自己水中的倒影。

東邊的紅石不放棄，它以為，提起「水」會引起注意。於是，說自己也曾在江邊待過一陣子，曾經目睹一個男人，舉起寶劍在江邊自刎，原本有機會開創一個時代，卻付諸流水。

西邊的青石也想起一樁與「水」有關的事件，當年那個拔走寶劍的少年，弄壞了那把石中劍，許多年後，當他來到湖邊，湖中仙女又交付給他一柄「湖中劍」，他用這把寶劍，開創了江山。

（略一停頓。）

中間的石頭，清楚看見自己水中的倒影，昂然聳立，玉樹臨風，一邊黑一邊白，剛好創造出輪廓的立體效果。慨嘆世間，怎會有如此完美的石頭！自己真是太美了！

（略一停頓。）

西邊的石頭，感念中間石頭屏蔽了忽起的強風。東邊的石頭，喜歡中間石頭遮掩了西曬的斜陽。它們各自默許，只在此默默守候著摯愛，直到海枯石爛。

然而，中間石頭依舊注目著自己的水中倒影，但盼望這般美麗，直延續到海枯石爛。

它的腳邊，終於開出了一朵水仙花。

（頓。）

啊……我怎麼忘了最關鍵的事情呢？在這個世界上，最不可或缺的，就是「賊寇四起，天下大亂」！

（燈光變幻，三顆巨石隨音樂節奏閃爍光芒。）

（快板嗩吶音樂伴隨鑼鼓聲，青衫自己歡欣鼓舞地蹦蹦跳跳。）

（中央桌椅區燈漸亮，千呼、萬喚也隨著音樂起舞。）

（邊角光區漸暗，青衫消失，一切又歸於平靜。）

【七】睡

（舞台中央的桌椅，千呼、萬喚二人舞畢，入座。）

萬喚：從前，有一個老頭兒。

千呼：怎麼這人一開始就是老頭兒了？

萬喚：像所有的老頭兒一樣，好比說您，本來並不是一個老頭兒。

千呼：我？

萬喚：您也是從小慢慢長大的。

千呼：對。

萬喚：年年難過年年過，慢慢的，歲月不饒人，您也變成一個老頭兒了。

千呼：這是怎麼說話的？

萬喚：那個老頭兒，原本也有父母，父母餓死了。

千呼：喲。

萬喚：原本也有子女，子女夭折了。

千呼：啊？

萬喚：原本也有太太，太太中年病死了。

千呼：太慘了吧？

萬喚：於是，當這個人變成一個老頭兒的時候，身旁沒有別的家人，他是一個孤獨的老頭兒。

千呼：淒涼。

萬喚：賊寇四起，天下大亂。

（燈光變、音樂響。萬喚高聲制止。）

萬喚：停停停！有完沒完哪！

（變化戛然而止，燈亮，安靜。）

千呼：賊寇消滅了又起，天下太平了又亂。這是個永無止境的循環哪！

萬喚：每四年一個週期，一頭一尾比較亂，中間兩年稍微好一點。

千呼：為什麼是四年？

萬喚：你不會這麼遲鈍吧？

千呼：啊？

萬喚：老頭兒感覺到，自己已經是個老頭兒了，無力保衛鄉里，無力保衛家園，甚至於，保衛自己個人的能力都沒有了。

千呼：絕望了。

萬喚：他得到老友的幫忙，把僅有的房地、田產都賤賣了，躲到遠遠的山林裡，準備靜靜地、穩穩地，安度餘生。

千呼：隱居。

萬喚：他來到一處杳無人煙的溪谷，用石塊、枯枝、茅草搭建了簡單的房舍，就住下了。

千呼：開始另一階段的人生。

萬喚：野菜豐盛，野兔易抓，溪裡的鮮泉清涼、鮮魚肥美，吃喝都絕無問題。

千呼：很好。
萬喚：烈日被森林屏蔽了大半，風雨也被峭壁削弱了力道。
千呼：幸運。
萬喚：真是個福地洞天。
千呼：太棒了。
萬喚：然而只有一個問題。
千呼：什麼問題？
萬喚：晚上睡不著覺。
千呼：失眠呀？
萬喚：他門口是一條小溪。
千呼：水聲。
萬喚：小溪的水流，很豐沛。
千呼：比較大的水聲。
萬喚：小溪的上游，是一處瀑布。
千呼：很大的水聲。

萬嗅：說是瀑布，其實只是一道水滴簾幕，落在石端滴哩答啦。
千呼：很惱人。
萬嗅：穿風而下淅淅颯颯。
千呼：相當惱人。
萬嗅：水面唧唧啾啾。
千呼：非常惱人。
萬嗅：水底咕嚕呱喳。
千呼：混帳！
萬嗅：從日落而天明，滴哩答啦、淅淅颯颯、唧唧啾啾、咕嚕呱喳。
千呼：太吵了！
萬嗅：從就寢而起身，滴哩答啦、淅淅颯颯、唧唧啾啾、咕嚕呱喳。
千呼：太吵了！
萬嗅：從前日起更，滴哩答啦、淅淅颯颯、唧唧啾啾、咕嚕呱喳。
千呼：太吵了！
萬嗅：到次日五鼓，滴哩答啦、淅淅颯颯、唧唧啾啾、咕嚕呱喳。

千呼：太吵了！

萬喚：太吵了！

千呼：實在太吵了！

萬喚：他溯溪而上，希望找到源頭，解決問題。

千呼：難不成，他打算找到水龍頭，把它關了？

萬喚：轉過一座森林，便是水源處。

千呼：挺近的。

萬喚：令人意想不到的，是居然有一座小莊園。

千呼：有鄰居？

萬喚：綠漆大門，黑曜的石基，粉牆是豔豔的寶藍，琉璃瓦是赤黃雙拼。

千呼：很不一般。

萬喚：屋前一株大桑樹，東半邊開花閃閃的紅，西半邊結果濃濃的紫。

千呼：很不平凡。

萬喚：樹下，站著一頭黑皮的騾子。

千呼：很……很普通。

萬喚：騾子見有來人，「喞噢！喞噢！」地大喊。

千呼：很吵。

萬喚：門開，出來一位婆婆。

千呼：老太太。

萬喚：說不上老，髮絲並沒有全白，背脊沒有佝僂，腰朗腿健，神色清明，顯然鍛鍊有方。

千呼：老當益壯。

萬喚：隨著婆婆，背後閃出來一隻黃毛公雞，一隻暗灰色的長毛大貓。

千呼：喜歡養寵物。

萬喚：老頭兒看得有些呆了。

千呼：怎麼？他對那老婆婆有興趣？

萬喚：不！

千呼：那是？

萬喚：因為他沒有料到這裡居然有莊子，也居然有人住，還養著這麼些禽畜。

千呼：沒料到在深山隱居，還有鄰居。

萬喚：婆婆敞開了門，請進奉茶。
千呼：挺大方的。
萬喚：老頭兒自己打開話匣子，說：「我來是因為……」
千呼：睡不著。
萬喚：婆婆沒等他說，就接話了，「新環境，不適應。」
千呼：善解人意。
萬喚：老頭兒被一語道破，忙說：「正是，正是。來此月餘，不曾安穩睡得一覺，甚是煩惱。」
千呼：現在知道有人作伴兒了，大概就好了。
萬喚：你想哪兒去了！
千呼：不是呀？
萬喚：婆婆牽過騾子轡繩，交付老頭兒手中。
千呼：這是幹嘛？
萬喚：婆婆笑說：「這騾子，小名兒叫『麒麟』。」
千呼：「麒麟」？

萬喚：「那貓，叫『雲虎』；雞，叫『鳳凰』。」
千呼：個個名不副實呀？
萬喚：「都帶回家去，在你家住上三天，你的問題就解決了。」
千呼：這是什麼怪招呀？
萬喚：「記住，要堅持三天，少一天都不行。」
千呼：為什麼呢？
萬喚：老頭兒回到小屋，貓直接上床，雞，蹲上枕頭做窩，騾子也想進屋來。
千呼：大家很熟呀？
萬喚：老頭兒呼叱兩聲，趕散了去，倒頭便睡。
千呼：連續很多天沒睡好覺了。
萬喚：昏夢之間，好像有人說話？
千呼：說什麼呢？

（燈光變化，舞台一角特殊光區，青衫在光區裡。）
（三顆巨石也隨之發出奇幻的光芒。）

青衫：從前，有一個人，他娶了三個老婆。大老婆會燒菜，二老婆會染布，小老三會跳舞。他不論走到哪兒，都喜歡帶著小老三。大老婆、二老婆只要趕得及，都會追上，大呼：「我也要去！」

然而，賊寇四起，天下大亂。老爺病死了，大老婆上吊，二老婆跳井，剩下小老三，翩翩起舞……

（燈光變化，邊角光收，中央燈亮。）

萬喚：是在吵什麼呀？老頭兒掙扎醒來，只見那黑騾子欲進屋來，卻夾在門縫，進退不得。

千呼：牠想幹什麼？

萬喚：「唧噢！唧噢！」亂喊一通。

千呼：太吵了。

萬喚：天亮了。

千呼：又沒睡呀？

萬喚：第二個晚上，老頭兒確定拴好了騾子，這才上床睡覺。

千呼：半夜就別再鑽門了。

萬喚：垂頹之間，又聽人言？

千呼：又有人說話？

（燈光變化，舞台一角特殊光區，青衫在光區裡。）

（三顆巨石也隨之發出奇幻的光芒。）

青衫：從前，有兩個gay。他們忍辱負重，隱藏自己的真實性向，以安慰父母家人。兩個gay，不能在一起，痛苦的分開了。分別娶了老婆，各自生了兒子。一個，叫「蜜煉川貝枇杷膏」的「枇杷」，另一個，叫「四十四棵死柿子」的「柿子」。他們後來為了要上學，又改名字，「枇杷」改名叫「猶抱琵琶半遮面」的「琵琶」，「柿子」改名叫「四十四隻石獅子」的「獅子」。賊寇四起，天下大亂。他們躲進櫃子裡，他們又走出櫃子來，他們出櫃。

（燈光變化，邊角光收，中央燈亮。）

萬喚：老頭兒乍然驚醒。

千呼：這次又是誰在吵？

萬喚：那灰貓掏抓窗框，只想出去，「喵嗚！喵嗚！」慘呼不停。

千呼：太吵了！

萬喚：老頭兒一推窗子，把貓放出去，哎呀！

千呼：怎麼呢？

萬喚：天又亮了。

千呼：又一夜沒睡。

萬喚：第三個晚上，老頭兒確定了三個畜生都在外頭，插上窗，鎖上門，睡。

千呼：可以睡了。

萬喚：又開講了！

（燈光變化，舞台一角特殊光區，青衫在光區裡。）

（三顆巨石也隨之發出奇幻的光芒。）

青衫：從前，有四兄弟，他們是四個妖怪。四個妖怪，是四顆鴨蛋變的。有一天，他們的爸爸，也就是老妖怪，想吃人肉，就問了，「你們誰想吃人肉呀？」大哥說：「我想吃。」二哥說：「我想吃。」三哥說：「我也想吃。」老四沒說話。爸爸老妖怪就問了，「四兒，你不想吃人肉嗎？」老四說：「想啊，但是，我沒看見人肉啊！」他們的媽媽，也就是另一個老妖怪，問道：「想吃人肉，得先殺人，誰去殺人哪？」大哥說：「我沒空。」二哥說：「我沒空。」三哥說：「我也沒空。」老四照樣沒說話。媽媽老妖怪問：「四兒，你呢？」老四沒說話，起身，出門殺了個人回來，當天晚上，兩個老妖怪，四個小妖怪，吃人肉。

（燈光變化，中央燈也亮。）

千呼：故事原本好像不是這樣？

萬喚：老頭兒睡糊塗了，夢境也混淆了，把不同的故事攪在一塊兒了。

千呼：可憐。

（邊角光區突然特別亮。）

青衫：賊寇四起，天下大亂。滿街都是吃人的妖怪！

（燈光變化，邊角區燈暗。）

萬喚：「咕咕咕！」

千呼：誰呀？

萬喚：「咕咕咕！」

千呼：幹什麼？

萬喚：「咕咕咕！」

千呼：太吵了！

萬喚：天亮了。
千呼：太慘了。
萬喚：騾噪、貓嚎、雞啼。太吵了！
千呼：三天期滿，可以還回去了嗎？
萬喚：雞、貓自動跳到騾子背上，自己回家了。
千呼：全自動的？
萬喚：然而，怪事來了。
千呼：怎麼了？
萬喚：那天晚上，老頭決定不睡了，等著瞧瞧，到底是誰半夜說話？

（邊角光區突然特別亮。）
（青衫在光區裡，眾目睽睽之下，離場。）
（邊角光全暗。）

萬喚：等著等著，不覺垂頭而睡，一覺天明。

千呼：睡著了。
萬喚：那些聲音呢？入夜，又睡，從此夜夜好眠，再也無有聲響。
千呼：哈哈！
萬喚：這下老頭明白了！那騾子、灰貓、黃雞，果真神效！
千呼：專治失眠的。
萬喚：老頭兒一直想過門去謝謝婆婆，但每每顧及這荒山野嶺，男女有別，恐為不便，
　　就一直拖延下來。
千呼：還挺保守的。
萬喚：就這樣，日子淡淡地過去了。
千呼：晚上能安穩睡覺，不錯了。
萬喚：忽地一夜，他彷彿又聽到了什麼？
千呼：什麼？
萬喚：嗯？是魚兒滑過水草的聲音？
千呼：因為太安靜了。
萬喚：又一夜，哦？是桐葉漂在水面打轉的聲音？

千呼：聽力也太好了吧？
萬喚：露水滲進土裡的聲音？
千呼：這也聽得見？
萬喚：月亮嘆息的聲音？星星垂淚的聲音？
千呼：太玄了！
萬喚：太吵了！
千呼：進入新的境界了。
萬喚：老頭忍著，不去找婆婆。
千呼：但要怎麼辦呢？
萬喚：咦？突然沒聲音了？
千呼：關掉了。
萬喚：一夜無夢之眠？
千呼：好。
萬喚：又一夜。
千呼：嗯？

萬喚：再一夜。

千呼：欸？

萬喚：妙哉妙哉！寧靜穩妥的睡眠，伴隨著他。就這樣，過了好一陣子。

千呼：恭喜恭喜！

萬喚：咕咚！

千呼：怎麼？

萬喚：嗝嘍！

千呼：哪裡？

萬喚：唧唧！咕咕！嘎嘎！噗噗！

千呼：怎麼又來了？

萬喚：是他自己的聲音。

千呼：啊？

萬喚：喘氣的聲音、吞嚥的聲音、脹氣的聲音、放屁的聲音。心跳的聲音、血液的聲音、脈搏的聲音。心情的聲音、記憶的聲音。

千呼：太吵了！這可怪不得別人嘍！

萬喚：他鼓起勇氣，去找婆婆。

千呼：求救吧。

萬喚：那莊子不見了。

千呼：什麼意思？

萬喚：桑樹下，一匹青銅色的麒麟，一頭雪白的雲虎，一隻金色的鳳凰，一個妙齡少女。

千呼：他們是誰？

萬喚：少女說：「我乃是靈泉龍女，與麒麟、雲虎、鳳凰諸好友，約在這清境修行，偶遇居士來此緣會，順便接引度化。」

千呼：原來是一則古裝風格的民間故事，在八〇年代禮拜天中午的電視頻道播放。

（燈光變化，舞台一角特殊光區，青衫偷偷摸摸地走進光區裡。）

青衫：老頭兒想想，認為自己時候未到，轉頭回家。回家的路上，看到水邊三顆石頭，石頭上刻著字。上面寫著，從前，有三顆石頭。三顆石頭立在水邊，東邊一顆，是紅色的，西邊一顆，是青色的。

（隨著話語，舞台上三顆巨石閃耀著奇幻光芒。）

中間的石頭，清楚看見自己水中的倒影，昂然聳立，玉樹臨風，一邊黑一邊白，剛好創造出輪廓的立體效果。慨嘆世間，怎會有如此完美的石頭！自己真是太美了！

西邊的石頭，感念中間石頭屏蔽了忽起的強風。東邊的石頭，喜歡中間石頭遮掩了西曬的斜陽。它們各自默許，只在此默默守候著摯愛，直到海枯石爛。

然而，中間石頭依舊注目著自己的水中倒影，但盼望這般美麗，直延續到海枯石爛。

它的腳邊，終於開出了一朵水仙花。

（頓。）

賊寇四起，天下大亂。

（音樂聲，舒緩而優雅地。）

（燈光隨之變化，三顆巨石也隨著節奏，幻化著光芒。）

賊寇四起一千次，天下大亂一萬次。

（舞台中央的桌椅已被移開，青衫與千呼、萬喚，三人拱手，似在道別。）

萬喚：魚兒滑過水草的聲音，桐葉漂在水面的聲音。

千呼：露水滲進土裡的聲音。

青衫：賊寇四起，天下大亂。

萬喚：月亮嘆息的聲音。

千呼：星星垂淚的聲音。

青衫：賊寇四起，天下大亂。

萬喚：心跳的聲音。

千呼：血液的聲音。

萬喚：脈搏的聲音。

千呼：心情的聲音。

萬喚：記憶的聲音。

青衫：賊寇四起，天下大亂。

（音樂持續，燈漸暗，剩下三顆巨石還在閃耀。）

原創故事

某日，在illuBase「插畫人基地」和賓瑞霞（Lillian）、周均朗（Alan）伉儷閒聊天。我們認識頗有年頭，卻在最近密切起來，好多共同的興趣、話題，每一開聊便滔滔不絕。

尤其Alan，是位博覽群書的超能雜食者，據他自己說，因為曾投身研究幼童英文教育，遍覽外文繪本，因而經常在聊天時，舉例、打比方，會蹦出繪本故事。

那天就是聊到喜劇的「重複」，Alan自然而然地以《小紅母雞》為例：小紅母雞請小鴨幫忙，小鴨「沒空」；請小鵝幫忙，小鵝「沒空」；請小貓幫忙，小貓「沒空」；請小豬幫忙，小豬「也沒空」。

我的腦子裡突然幾根筋打電了，穿著古裝的四兄弟互推沒空，賴皮不想做事。回到家中，一個吸氣、吐氣，便寫出了第一篇〈我沒空〉。很快的，後面又追來幾個衍生概念，一篇一篇寫出來，進而一一演化成《弄》的各個段落。

我將這些故事回贈給illuBase，也錄成聲音檔，供期刊、電子平台廣泛運用。illuBase的合作插畫家「69」，為這幾個原創故事畫了插圖。

「69」的本名是王家麒，69表現耳朵的形象，也象徵他自幼失聰。聽不見聲音，少了聲音的干擾，反而讓他更全心投入於繪畫創作之中。其插畫風格充滿樸質及童趣。

封面設計師陳代樺，畢業於國立臺灣藝術大學視傳系。曾獲得過插畫比賽金獎與平面設計銅獎，擅長電腦繪圖，以及油畫、鉛筆等多種媒材應用。

我沒空

從前，有四兄弟。

父母親很疼愛他們，老娘說：「誰想吃饅頭？」

大哥說：「我想吃。」二哥說：「我想吃。」三哥說：「我也想吃。」

老四沒說話。娘就問了，「四兒，你不想吃饅頭嗎？」

老四說：「想啊，可是，我沒看見饅頭。」

娘這才發現，老四與三個哥哥不同。於是又問了，「那，誰來幫忙揉麵？」

大哥說：「我沒空。」二哥說：「我沒空。」三哥說：「我也沒空。」

老四又沒說話。娘又問了，「四兒，你呢？來幫忙揉麵嗎？」

老四應了一聲，到灶下幫忙揉麵。當晚，全家人吃饅頭。

又有一天，爹說想吃餃子，問道：「你們誰想吃餃子。」

大哥說：「我想吃。」二哥說：「我想吃。」三哥說：「我也想吃。」

老四沒說話。爹就問了，「四兒，你不想吃餃子嗎？」

老四說：「當然想啊，但是，我沒看見餃子。」

這時，爹也相信了，老四果然與眾不同，將來可能成大器、做大事。於是，試探性地問道：「那，誰來幫忙剁餡兒呀？」

大哥說：「我沒空。」二哥說：「我沒空。」三哥說：「我也沒空。」

老四沒說話，也沒讓爹娘再問，起身到灶下剁餡兒。當晚，全家人吃餃子。

好日子沒過幾年，番邦進犯中原，兵荒馬亂，皇帝招兵買馬，四個兄弟都已長大成人，都要入營當兵。

爹娘依依不捨，交代四人務必協力同心，要平安歸來。

大哥說：「我知道。」二哥說：「我知道。」三哥說：「我也知道。」

老四，照例沒說話。

然而爹娘心裡很清楚，這個老四，與眾不同，三個哥哥想要活著回來，都得要靠這個四弟。

四兄弟，一起當兵，四個小卒仔，很幸運地，被編在同一個將軍的麾下。

有一天深夜，一個奇怪的人影在營盤間蠢動。

四兄弟正好輪到巡營，老四說：「有奸細！」

大哥說：「我看到了！」二哥說：「我看到了！」三哥說：「我也看到了！」

老四說：「抓奸細！」

大哥說：「我沒空。」二哥說：「我沒空。」三哥說：「我也沒空。」

老四納悶，明明正在巡營，抓奸細就是我們的責任，怎麼會沒空呢？就問了：「大哥，你為什麼沒空？」

大哥說：「將軍交代我抄寫榜文，還沒抄完，所以沒空。」說完就走了。

老四又問：「二哥，你為什麼沒空？」

二哥說：「將軍交代我磨劍，還沒磨完，所以沒空。」說完也走了。

老四再問：「三哥，你為什麼也沒空？」

三哥說：「將軍交代我餵馬，我根本忘了，所以……」話沒說完就跑了。

於是，老四自己一個人抓奸細，很幸運地抓到了，而且在奸細身上搜到祕密文件，立了大功勞！

將軍要獎賞老四。老四卻說：「這不是我一個人的功勞，多虧我三個哥哥，我們兄弟四人，同心協力，這才能將奸細捕獲。」

將軍很高興，就同時獎賞了四個小兵。

四兄弟屢建戰功，很快地，四個人都晉升為參軍校尉。

有一天，他們將敵人的部隊團團圍住，困在一個小城寨裡。一隻信鴿從城裡飛出來。

老四說：「飛鴿傳書！」

大哥說：「我看到了！」二哥說：「我看到了！」三哥說：「我也看到了！」

老四說：「射下來！」

大哥說：「我沒空。」二哥說：「我沒空。」三哥說：「我也沒空。」

老四問：「怎麼會沒空？」

大哥說：「我只剩下一支箭，是要射敵人的！」

二哥說：「我也只剩下一支箭，是要射敵人將軍的！」

三哥說：「我也是，只剩下一支箭，是要射敵人單于的！」

老四眼看鴿子要飛走了，趕緊搭箭彎弓，颼！一箭射下了飛鴿。鴿子腳上纏著求救信，萬一傳回了敵軍大營，招來了救兵，可不得了！

敵軍求救無門，終於全軍覆沒。

將軍論功行賞，認為老四射下信鴿，是勝利的關鍵。

老四卻說：「這不是我一個人的功勞，多虧我三個哥哥，我們兄弟四人，同心協力，這才能射下飛鴿。」

將軍納悶，問道：「射一隻鴿子，何需四人同心協力？」

老四答道：「我拉開大哥的弓，搭上二哥的箭，瞄準時偏了些，幸虧三哥推了一把，這才準確射中。」

於是，將軍重重賞賜了四兄弟。

幾年過去，就在有福同享的道理下，四兄弟都升上了將軍。戰事也接近了尾聲，單于親自帶領的殘部，已逃到邊關。

四位將軍已將番兵逼進山谷，突然，一騎駿馬，突圍而出，向草原逃竄而去。

四將軍說：「突圍的是單于！」

大將軍說：「我看到了！」二將軍說：「我看到了！」三將軍說：「我也看到了！」

四將軍說：「追！」

大將軍說：「我沒空。」二將軍說：「我沒空。」三將軍說：「我也沒空。」

大將軍說：「我這馬，剛剛吃飽，不能快跑，所以沒空。」

二將軍說：「我這馬，懷了小馬，不能快跑，所以沒空。」

三將軍說：「我這馬，是匹胖馬，沒快跑過，所以沒空。」

其實，四將軍根本沒問他們三個，四將軍說「追」的時候，已然快馬加鞭地追了出去，根本沒聽他們三個的理由。當然，很順利地，生擒了番邦單于。

這等大功勞，按照慣例，他又分給了三位兄長。四兄弟平定天下，皇帝龍心大悅，封他們四位為東南西北四方大王，與皇帝稱兄道弟。

四位王爺安逸地生活在皇宮裡。

有一天，皇帝派遣大太監送來一罈陳釀的御酒，說是想念四兄弟，但又因為國事繁忙，不能親自到場陪同飲酒，特派欽差賜酒。

大太監說：「皇上有旨，奴婢要親眼看見四位王爺飲酒，喝吧！」

大王爺說：「我喝。」就喝了一大杯。

二王爺說：「我喝。」就喝了一大盅。

三王爺說：「我也喝。」也喝了一大碗。

四王爺沒有說話。大太監說：「怎麼著？四王爺？您不喝嗎？皇上親賜御酒，不喝，可算欺君之罪喲！」

四王爺依舊沒有說話，只得勉強地喝了一杯。

大太監滿意地離開了。

不一會兒，四兄弟都覺得頭昏昏，身體怪怪的。

四王爺說：「還是趕快請大夫吧。」

大王爺說：「我沒空。」二王爺說：「我沒空。」三王爺說：「我也沒空。」

四王爺沒有說話。

就這麼過了一會兒。

大王爺說：「老四，我真的沒空，我胸口疼。」二王爺說：「四弟，每次都是你去呀，我真的沒空，我肚子疼。」三王爺說：「四爺爺，像從前一樣，救救我們吧！我也真的沒空，我屁股疼。」

四王爺還是沒有說話。

又過了一會兒。

大王爺不說話了。

二王爺不說話了。

三王爺也不說話了。

四王爺一直沒說話。

他們現在都有空了。

我要去

從前，有一個人，他娶了三個老婆。

大老婆會燒菜，二老婆會染布，小老三會跳舞。

老爺喜歡吃大老婆燒的菜，也喜歡穿二老婆染的衣。然而，他最喜歡的，還是看小老三跳舞。

他們一家，和樂融融地住在省城最繁華的街坊。

有一天，胭脂鋪的伙計上門通報，說是進了一批新貨，又有「石榴紅」、又有「螺子黛」，請老爺到櫃上來挑選。

於是，老爺帶著小老三，準備出門買胭脂。還沒出正門，就被攔下了，大老婆追出來，說：「我也要去！」二老婆也追出來，說：「我也要去！」

老爺帶著三個老婆買胭脂，每個人都買到自己喜歡的胭脂。

又有一天，絨線鋪的伙計上門通報，說是進了一批繡花鞋，又有「團花錦簇」、又有「鴛鴦雙飛」，請老爺到櫃上來挑選。

於是，老爺帶著小老三，準備出門買繡花鞋。剛轉過二院，大老婆、二老婆又追上了，「我也要去！」「我也要去！」

老爺帶著三個老婆買鞋，每個人都買到自己喜歡的繡花鞋。

又有一天，菓子鋪的伙計上門通報，說是師傅新發明的點心剛出爐，又有「脆甜果仁卷」、又有「醉心杏桃酥」，請老爺到櫃上來挑選。

於是，老爺帶著小老三，靜悄悄的，從後門出去。剛出了後門，看見一輛騾車，車帘掀開，大老婆、二老婆已經坐在車裡，齊聲喊道：「我也要去！」

老爺只好帶著三個老婆，上菓子鋪吃點心。

其實，當初，這個人只有一個老婆。

年輕時住在鄉下茅草房，父母給挑的髮妻，身子健朗模樣俏，又有一手好廚藝，老公有口福不說，還搭了一個小食棚，熬粥煮麵，四鄰都說好。

硬是要挑剔這女人？就是她鄉下姑娘，一雙天足大腳。

最難能可貴的，是他們夫妻恩愛，雖然膝下無兒，卻能相敬如賓。

大家都羨慕他，娶了一個好老婆。

他們的小吃攤兒很掙錢，不多久，夫妻倆搬到鎮上，買了一間邊角房。

隔鄰是間大染坊，剛葬了爹爹又死了娘，剩下一個姑娘好淒涼。

老爺說：「不如納妾，也為我家添香火。」就把二老婆娶過了房。硬要挑剔這女人？就是她兩手染布，皮厚指頭粗。

大老婆館子炒菜忙，二老婆繼續開染坊。最難能可貴的，是兩個老婆雖然都沒生娃娃，卻情同姊妹，不爭不搶。

大家都羨慕他，娶了兩個好老婆。

飯館、染坊都很掙錢，都交到伙計手下做。老爺帶著大老婆、二老婆，搬到省城，悠哉悠哉，只管過清閒日子。

老爺迷上了勾欄院裡的戲子，那女人舞姿曼妙，無可挑剔！

老爺說：「不如再納一妾，為我家添香火。」

從那日起，老爺不論走到哪兒，都帶著小老三。大老婆、二老婆只要趕得及，都會追上，大呼：「我也要去！」

最難能可貴的，老爺總是默不作聲，而三個老婆為顧全大局，也相互忍讓。

大家都羨慕他，娶了三個好老婆。

然而，好景不常。賊寇四起，天下大亂。官軍無能，棄城逃亡，眼看賊兵就要進城了。

老爺要小老三收拾細軟，她整籠裝箱款行囊，肚兜襪子手帕，套了三輛騾車才帶上。大老婆，也換上了二老婆染的陰丹士林粗布衣裳，兩人兜著一個包袱，說：「我也要去！」「我也要去！」

一家人回到了城外的鎮上，邊角房，大染坊。

半個月，聽說賊寇開始打敗仗，也逃到了鎮上。

老爺要小老三換著輕便衣裝，她裡三層、外三層，金銀首飾都纏在腰間褲襠。二老婆，幫忙背著一口袋大老婆蒸的窩窩頭，說：「我也要去！」「我也要去！」

一家人回到了鄉下，一間半倒的茅草房。

老爺病倒了。就躺在自己出生的茅棚子裡，三天後，一命嗚呼。

髮妻當下哭斷了腸，大呼：「我也要去！」夜半懸梁。

賊兵被剿滅，天下還太平。二老婆回到染坊，失魂落魄，遺書一封，上寫「我也要去！」投井而亡。

小老三回到省城大宅院中，眉點「螺子黛」，頰撲「石榴紅」，身繡「花團錦」，足踏「鴛鴦飛」。嘴裡嚼著「果仁卷」，盤裡還有「杏桃酥」。月色下，翩翩起舞。

是呀，她從來沒有、也不需要說什麼。

我也會

從前有兩個小生，一個叫琵琶，一個叫獅子。他們是同學。他們的父親，是拜把兄弟，因此他們算是「世交」，家境也都頗為寬裕，因此，父親把他們送到州府官學唸書。

臨行前，聚在一起吃了一頓飯，父親交代二人，要像兄弟一樣，互相照應。琵琶說：「我會。」獅子說：「我也會。」

到了學校，琵琶寫了一副對聯，貼在宿舍門口：「學問門裡多張口，壯志心上成名士」。同學們都說寫得好！又謙虛、又有遠見，還把教授請來看，教授看了也喜歡，大大稱讚了琵琶。

獅子頗不以為然，快手寫了一副對聯，貼出炫耀？又覺得自己被冷落，便說了一句：「那有什麼？我也會。」心中卻暗下決定：今後絕對不寫對聯。

晴天，大家到外頭放風箏。琵琶紮了一個大鷂子，親手繃糊親手畫，還在邊角裝了哨子，放飛上天，唏唏呼呼會唱歌。同學們都說好，紮得好、畫得好、飛得好，還把教授也請來看，教授看了也喜歡，大大稱讚了琵琶。

獅子頗不以為然。放風箏是閒事，有時間放風箏，不如多背幾篇《孟子》，他坐在窗邊，看著天上的鷂子，說了一句：「那有什麼，我也會。」心中卻暗下決定：今後絕對不放風箏。

雨天，大家窩在房裡閒悶。琵琶煮了一鍋蓴菜湯餅，蘿蔔熬的湯底，手工抻拉的條子，湯底鮮、蓴菜脆、麵條筋頭！同學們都說好，還給教授端了一碗，教授也喜歡，大大稱讚了琵琶。

獅子不以為然。君子遠庖廚，下廚煮麵，不如再看一遍《左傳》。他坐在榻上，看著狼藉的鍋碗，說了一句：「那有什麼，我也會。」心中卻暗下決定：今後絕對不下廚房。

然而，好景不常。賊寇四起，天下大亂，他們的學業被迫中斷，逃難到異鄉。

不久，天下回復了平靜。琵琶、獅子都倖免於兵災，回到家鄉，琵琶感覺到世事如洪流，人在其中，不免時時驚慌，不如退守本分，耕讀度日，行有餘力時，依然可以服務鄉里。他把想法對獅子說了，獅子極度不以為然，怒斥了琵琶！他認為，大丈夫功名未成，卻萌生隱退念頭，何異虛度人生？便與琵琶絕交，閉門讀書，專注求取功名。

琵琶娶親。消息傳到獅子耳裡，他說了一句：「待得功成名就，我也會。」心中暗下了一個決定。

不多久，琵琶添了一個千金。獅子說了一句：「待得功成名就，我也會。」心中又暗下了一個決定。

又不多久，琵琶再添了一個壯丁。獅子說了一句：「待得功成名就，我也會。」心中再暗下了一個決定。

獅子奮力攻書，果然有成，高中第一甲進士，瓊林飲宴，好不風光！

而琵琶在家鄉，為了貼補家用，開個小小的私塾，教寫字句讀、啟童蒙。獅子聽說此事，嗤之以鼻：「嗟！這是個人都會。」

獅子善寫奏章，總能切中利弊，深得皇上欣賞，屢獲嘉獎。

琵琶在鄉里間，是少數能讀會寫的書生，為了鄰居的書信、契約，甚或是家常的賀辭輓聯、年節的披紅掛綵，疲於奔命，大家倚仗琵琶，都尊稱「老師」。獅子又嗤之以鼻：「嗟！這是個人都會。」

獅子官場順遂，給家裡修建廣廈，但是因為公務繁忙，從未返鄉。

琵琶的老父，端午節前辭世，琵琶家境普通，薄棺一口，簡單發喪，但因為在家鄉善緣廣結，鄰里們前來送行，都道琵琶是個孝子。獅子再嗤之以鼻：「嗟！這是個人都會。」

是呀，獅子可能真的都會。

我很累

從前有兩個妖怪。

原本只是兩顆被遺忘的鴨蛋，各自被母鴨生下來，各自意外地滾出了巢穴，一個在西北高原，跌進了鹹水湖裡，一個在東南森林，埋在泥灰裡。

春天，颳著東風，大雷雨從東南下到了西北，翻滾了泥灰也翻滾了鹹水。

夏天，颳著南風，大太陽從南邊照到了北邊，曬熱了泥灰也曬熱了鹹水。

秋天，颳著西風，大旋風從西邊捲向了東邊，捲過了鹹水也捲過了泥灰。

冬天，颳著北風，大霜雪從西北撲向了東南，冰封了鹹水也冰封了泥灰。

於是，泡在鹹水湖裡的蛋，泡成了鹹鴨蛋。埋在泥灰裡的，埋成了松花皮蛋。

就這樣，年復一年，兩顆鴨蛋雖然相隔千萬里，卻領受著同樣的日月精華。

春夏秋冬，不知道颳了多少年的東南西北風，有一天，牠們孵化了！鹹鴨蛋孵成了一隻金色的鴨子，松花皮蛋孵成了一隻銀色的鴨子。

尋常鴨蛋，孵出平凡的鴨子，鹹鴨蛋、松花皮蛋，按照常理，應該孵不出鴨子。但是，由於這兩顆蛋的遭遇非比尋常，牠們是不尋常的鴨蛋所孵出來不平凡的鴨子，所以，牠們兩個，是妖怪。

鴨子本來就是用兩隻腳走路的，因此，比其他沒有腳的、或四隻腳的妖怪，更接近人的樣子，牠們繼續吸收日月精華，卻只用了比較少的時間，就變成了半人半鴨的形狀。

住在西北的金鴨一吹氣就結冰，一振翅膀就下雪。東南的銀鴨，大喊一聲就打雷閃電，騰空飛起就變成一團火焰。

牠們的舉動，各自引起了對方的注意。金鴨駕著雪風向東南來，銀鴨騰著火雲，朝西北去，兩鴨在終南山相遇。

各使本事，施以冰、雪、火、電，皆完好無傷。乃是因為，春天淋牠們的，是同一陣雨，夏天曬牠們的是同一個太陽，秋天颳牠們的是同一襲風，冬天冰牠們的是同一場雪。牠們的際遇雷同，道行相近，本事平分秋色，兩個妖怪，不免惺惺相惜，電光石火地，動了情念。

就是這麼一個念頭，兩個妖怪，完整幻化成人形，扁嘴、翅膀、羽毛都不見了，陰陽際會，金鴨化成男相的同時，銀鴨隨之化成女相，兩個赤裸的男女，初次相見，身體就攪纏在一起。

完事之後，男人第一次口吐人言，說：「我很累。」女人也依著音律，說：「我也很累。」

牠們混進人群，學著人的舉動，學人穿衣、學人行走、學人言語，簡直人模人樣，很快的，就徹底像人，分辨不出來了。

男人說：「學做人，我很累。」女人說：「我也很累。」

吃食的習慣，一時改不過來，牠們還像鴨子般，生吃泥藻、魚貝、蠕蟲。聽人說，青菜嫩、蘿蔔脆、瓜果甜美，於是牠們試吃，覺得不錯，因為多吃了蔬菜，牠們的皮膚顯得光彩。

又聽人說，羊肉鮮、牛肉嫩、豬肉肥美，於是牠們試吃，覺得很好，因為多吃了肉，牠們的毛髮柔亮、肌肉健美。

再聽人說，熊掌豔、虎鞭炫、猴腦絕美，於是牠們試吃，覺得真妙，因為多吃了奇珍，牠們的神采顯得超然不凡。

就這樣，牠們青菜炒羊肉、蘿蔔燉牛肉、瓜果燴豬肉，吃得很像人。偶然再安插熊掌、虎鞭、猴腦，這不像一般人，牠們很像一些特殊的人。

男人說：「天天得吃，我很累。」女人說：「我也很累。」

不曉得聽誰說，吃純淨的胎兒，能增長十年功力。於是牠們試吃，覺得不錯。

又不曉得誰說，吃青春的男女，能增長百年功力。於是牠們試吃，覺得很好。

再不曉得誰說，吃修行的僧尼、道士、人瑞，能增長千年功力。於是牠們試吃，覺得真妙。

因為吃了人肉，牠們愈發俊美健壯，頭髮向上飄發，如火焰靈動，向下淌瀉，如清泉奔流。臉上的氣色如虹彩般，隨著天氣、環境明暗異變。

男人說：「自從學會吃人之後，我不累了！」女人說：「我也不累了！」

他們聽說，真正要學會做人，必須讀書。由於吃了許多人肉，不累了，終於從無窮無盡的歲月中，挪出一些時光，識字讀書，有了重大發現！

原來，沙、石、草、木、蟲、魚、鳥、獸，無一不可成妖怪！動物的精、血、骨、肉，因為機緣巧合，吸收了日月精華，都有機會化成妖怪，兩顆鴨蛋，居然能共生雙修，實在是難得的緣分。而妖怪的下一步，是幻化成人形，人是萬物之靈，從人再出發，便可追求其他的進化。成神、成聖、成靈、成仙！

兩個妖怪讀了一點書，便覺功力大損，怎麼這麼累？原來，最耗損元氣的，就是讀書啊？有人發明了書，騙別人多讀書，其實是耗損真元，耽誤他人修行。牠們趕緊停了下來，發誓絕對不要再讀書了。

牠們覺得，做人太累，不如繼續吃人吧！

不久之後，女人大腹便便，某日，腹痛，似要臨盆。男人慌了，問道：「娘子，你我的真身，是鴨子，這一番，是要生下人胎？還是產下鴨蛋？」

女人答道：「傻相公，鴨子自是下蛋的。」

男人又問：「下下蛋來，孵出小鴨，我們身為人形，如何教養牠們？」

女人道：「把蛋下下來，賣給人們，教他們吃下肚去，我們的孩子，便可在人腹中，直接吸取那人的魂魄，取而代之，免去百年修行，直接做人，然後吃人、成仙，豈不妙哉？」

男人面有難色，說：「畢竟是我們親生的鴨蛋，怎捨得賣人？」

女人笑道：「我們只是人形，怎可學人思考，骨子裡畢竟還是妖怪，出賣親生鴨蛋，恰如其分！」男人聽說，撫掌稱妙。曾聽人言「上有天堂，下有蘇杭」，不如搬去蘇州，賣鴨蛋吧。

兩個妖怪化作一縷青煙，不見了。

牠們，跑去蘇州賣鴨蛋了。

我怕吵

從前，有一個老頭兒。

像所有的老頭兒一樣，這個老頭兒，本來並不是一個老頭兒。他也是從小慢慢長大的，也有父母，父母餓死了，也有子女，子女夭折了，也有太太，太太中年病死了。

於是當這個人變成一個老頭兒的時候，身旁沒有別的家人，他是一個孤獨的老頭兒。賊寇四起，天下大亂。

老頭兒感覺到，自己已經是個老頭兒了，無力保衛鄉里，無力保衛家園，甚至於，保衛自己個人的能力都沒有了。於是，他得到老友的幫忙，把僅有的房地、田產都賤賣了，躲到遠遠的山林裡，準備靜靜地、穩穩地，安度餘生。

他來到一處杳無人煙的溪谷，用石塊、枯枝、茅草搭建了簡單的房舍，就住下了。

野菜豐盛，野兔易抓，溪裡的鮮泉清涼、鮮魚肥美，吃喝都絕無問題。

烈日被森林屏蔽了大半，風雨也被峭壁削弱了力道。

真是個福地洞天。

然而只有一個問題：晚上睡不著覺。

小溪的上游，是一處瀑布，說是瀑布，其實只是一道水滴簾幕，落在石端滴哩答啦，穿風而下淅淅颯颯，水面唧唧啾啾，水底咕嚕呱喳。

從日落而天明，滴哩答啦、淅淅颯颯、唧唧啾啾、咕嚕呱喳。

從就寢而起身，滴哩答啦、淅淅颯颯、唧唧啾啾、咕嚕呱喳。

從前日起更，滴哩答啦、淅淅颯颯、唧唧啾啾、咕嚕呱喳。

到次日五鼓，滴哩答啦、淅淅颯颯、唧唧啾啾、咕嚕呱喳。

太吵了！

他溯溪而上，希望找到源頭，解決問題。其實，僅僅隔著幾株巨木，轉過巨木林，便是水源處。然而令人意想不到的，是居然有一座小莊園。

綠漆大門，黑曜的石基，粉牆是豔豔的寶藍，琉璃瓦是赤黃雙拼。屋前一株大桑樹，東半邊開花閃閃的紅，西半邊結果濃濃的紫，樹下，站著一頭黑皮的騾子。見有來人，「唧嗅！唧嗅！」地大喚。

門開，出來一位婆婆，雖說是婆婆，髮絲並沒有全白，背脊沒有佝僂，腰朗腿健，神色清明，顯然鍛鍊有方。隨著婆婆，背後閃出來一隻黃毛公雞，一隻暗灰色的長毛大貓。老頭兒有些呆了，因為他沒有料到這裡居然有莊子，也居然有人住，還養著這麼些禽畜。婆婆沒有問話，大方地敞開了門，請進奉茶。

老頭兒自開話匣：「我來是因為……」婆婆接話道：「新環境，不適應。」老頭兒被一語道破，忙說：「正是，正是。來此月餘，不曾安穩睡得一覺，甚是煩惱。」婆婆笑道：「不妨，你把我家的麒麟、雲虎、鳳凰帶上，回家去，三天有解。在此便飯，休要推辭。」

老頭兒聽說，以為是些枕褥、眼罩、耳塞類的物事，心想「這老嫗倒講究，把日常用物，取些風雅名兒。」還不待推辭叨擾，一碗醬燴四蔬已搬弄上來。

喪妻後，多年來老頭兒自己烹煮，青菜煨麵，偶爾攪個蛋花。再也沒個伴當，調配飲食。眼前這碗，無非是春筍、夏藕、秋栗、冬菇，雖然不是山珍，吃來倒也爽心可口。

待要辭去，婆婆送至門前，牽過騾子韁繩，交付老頭兒手中，說道：「這是麒麟，騎牠回去，雲虎、鳳凰自會跟上。」老頭兒大驚，故作鎮定說：「這……這是麒麟？」婆婆笑道：「這是騾子，小名兒叫『麒麟』。」

老頭兒跨上麒麟，那騾子不等坐穩，撒蹄子就跑，鑽進林子裡，也不避橫枝豎藤，直打得老頭喊疼。正前一處崖壁，好騾子！居然側踢而上，左踹右蹬，上得頂峰，另一側是大緩坡，視野開闊，芳草遍地。騾子奔、蹦、騰、躍，似是從未自在跑過般。

老頭兒緊閉雙眼，這輩子，不曾受過這等招待，只聽風聲如雷，轟隆隆地響。

直待耳下無聲，胯下不再顛簸，這才敢睜開眼睛……天色已暗，卻已是自家草廬！騾子何以知曉路途？老頭兒無從去問。

開柴扉，赫然見到黃雞據頭枕做巢，灰貓盤床褥做窩。老頭兒呼叱兩聲，趕散了去，倒頭便睡。

昏夢間，似有人聲？高談闊論，說的是「親無情」：天荒旱，賣子換食，更甚者，互換子女，即食之。

老頭兒掙扎醒來，只見那黑騾子欲進屋來，卻夾在門縫，進退不得，「唧噢！唧噢！」亂喊一通。老頭兒猛推一把，把騾子倒推出去，掩上門，再睡。

垂頹之間，又聽人言？這次講的是「婦喪德」：家破落，娶妻無德，偷漢子，拐帶細軟，出牆而去。

老頭兒乍然驚醒，只見仍在半夜，那灰貓掏抓窗框，只想出去，「喵嗚！喵嗚！」慘呼不停。老頭兒一把推貓，撞開窗子，直把貓推飛了出去。

試著再睡，又開講了？「朋失義」：背後長短、落井下石、見死不救。

這是怎麼了？老頭睜開眼睛，只覺天色已然泛白，那黃雞，挺立床頭，昂首大啼：「咕咕咕！」

太吵了！

第二晚，如前夜。老頭兒想，我是即刻送還這三個？還是如約等三夜？

蹇畜！孽寵！荒雞！太吵了！

第三晚，老頭兒有備而來。回應以「孝子報恩而不可」、「丈夫愛妻而不得」、「摯友離散而不見」，三聲無奈！

騾噪、貓嚎、雞啼。太吵了！

三晚之約已滿，只見雞、貓自行躍上騾背，自往上游回去。

入夜，老頭坐在床上，只等著說話人來，再辯一番。不覺垂頭而睡，一覺天明。怎麼了？那些聲音呢？入夜，又睡，從此夜夜好眠，再也無有聲響。

這時老頭明白了！那騾子、灰貓、黃雞，果真神效！不負麒麟、雲虎、鳳凰之名呀！

就這樣，日子淡淡地過去了。老頭兒一直想過門去謝謝婆婆，但每每顧及這荒山野嶺，男女有別，恐為不便，就一直拖延下來。

忽地一夜，他彷彿又聽到了什麼？

嗯？是魚兒滑過水草的聲音？

又一夜，哦？是桐葉漂在水面打轉的聲音？

露水滲進土裡的聲音？

月亮嘆息的聲音？

星星垂淚的聲音？

聲音越來越大、越來越大，不行了，又睡不著了！

太吵了！

想想，還是上游的婆婆可能有解，再跑一趟吧。

同一座莊園，同一棵桑樹，但是……

那騾子是換了一隻？怎變成青色毛皮？

婆婆推門出來，髮色烏黑，身形益見玲瓏窈窕。那貓？變成了白色？那雞？變成了金色？

婆婆聽老頭兒說了症狀，朗聲笑道：「好事好事！有解有解！只是今晚不必回家，須在我處留宿，一夜根治。」

老頭兒聽說大為尷尬，哪裡留宿？如何根治？我雖已過花甲之年，畢竟男女有別，這……不及辯解，只聽得婆婆說：「先開飯吧。」又是四蔬，但略有不同，筍皮、藕端、栗殼、菇蒂，只是清燉，卻意外爽脆。老頭兒憶及亡妻，不免沉吟。

客房安頓已定，老頭兒很緊張，不敢寬衣，緊裹被褥，挺坐在床頭。

那「婆婆」在搖曳的燈下，愈顯青春了！開始說起一個故事。

是她自己的一生。原來，童年家境赤貧，被賣進勾欄院中，鴇母寡情打罵，卻也調教出一代花魁。進獻梨園，名屬教坊第一部，中年色衰，逐出京城，嫁予商人做小，飄蕩江湖，看盡冷暖無數。

老頭兒愈聽愈奇，竟致徹夜不眠。天明，辭去。

太吵了！

返回草廬，回想種種，仍覺不可思議。

一夜無夢之眠？

又一夜，無夢無聲？

再一夜，又無聲？

妙哉妙哉！果然一夜見效！老頭兒好感激，好想登門拜謝，但一想，恐怕又要聽叨叨絮語，便覺罷了罷了。

寧靜穩妥的睡眠，伴隨著他。

就這樣，過了好一陣子。

咕咚！

嗝嘍！

唧唧！咕咕！嘎嘎！噗噗！

怎麼又來了？

是他自己的聲音，喘氣的聲音、吞嚥的聲音、脹氣的聲音、放屁的聲音。心跳的聲音、血液的聲音、脈搏的聲音。心情的聲音，記憶的聲音。

太吵了！

必須去找婆婆。

那莊子不見了，桑樹下，一匹青銅色的麒麟，一頭雪白的雲虎，一隻金色的鳳凰，一個妙齡少女。說：「乃是靈泉龍女，與麒麟、雲虎、鳳凰諸好友，約在這清境修行，偶遇居士來此緣會，順便接引度化。」

新的境界來臨囉！從此寂然無聲囉！

—劇本—下半場

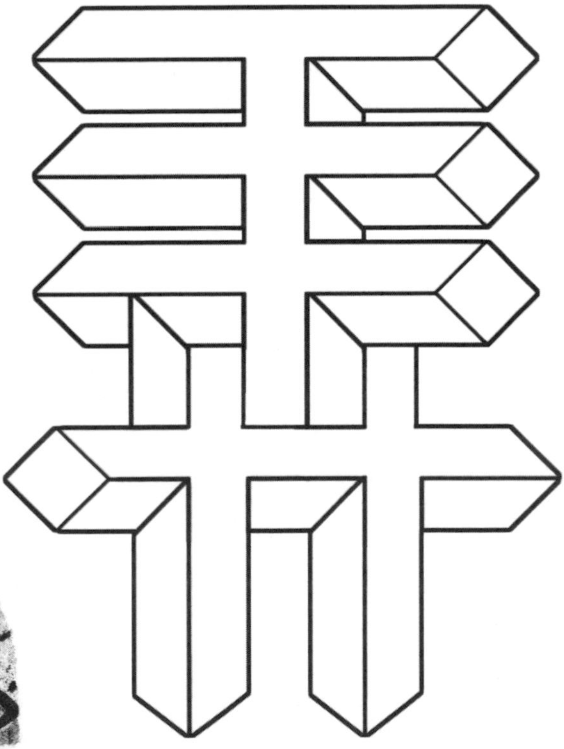

「新舞臺」終究仍是被夷為平地。
我憤怒、哀怨、氣餒、感傷，無能為力。
但真的無所作為嗎？

【八】鬼

（燈亮，場上一桌二椅。）

（千呼、萬喚登場，與觀眾見禮。）

千呼：（很突兀地就開唱，京劇）「包龍圖打坐在開封府……」

萬喚：好！

（萬喚起鬨，帶動觀眾鼓掌。）

萬喚：您寶刀未老，只要一唱戲，就精神百倍，啊！

千呼：剛才唱的這一句是《鍘美案》。

萬喚：包公戲，大花臉。

千呼：對。
萬喚：龍圖閣大學士包拯，坐鎮開封府。
千呼：這是通俗印象。
萬喚：哦？
千呼：包拯後來確實當了大官兒，但是，他的童年，非常驚險。
萬喚：怎麼說？
千呼：包拯的爸爸，非常有錢。
萬喚：包員外。
千呼：生了兩個兒子，包山包海。
萬喚：這麼腐敗！
千呼：怎麼了？
萬喚：有錢，又生了兩個兒子，就敢包山包海啦！
千呼：什麼呀？是他兩個兒子的名字，老大叫包山，老二叫包海。
萬喚：噢，包山和包海。

千呼：包拯是老三，出生的時候，兩個哥哥都是大人了，都結婚了，大嫂也生了兒子，叫包勉。

萬喚：《鍘包勉》？

千呼：那是很後來的事，現在不要來亂！

萬喚：對不起。

千呼：大家都知道，包公鐵面無私。

萬喚：非常正直。

千呼：為什麼叫「鐵面」呀？

萬喚：因為很……耐用？

千呼：不對。

萬喚：很……耐敲？

千呼：不對。

萬喚：很……耐刷？

千呼：鐵鍋呀？

萬喚：那不然呢？

千呼：其實也對，就像鐵鍋一樣，燒火，做飯、燉湯、炒菜，用了一陣子，你把鍋底反過來看……

萬喚：黑呀！

千呼：對囉！「鐵面無私」，說的就是他黑。

萬喚：包黑子嘛。

千呼：一個人黑，不會是半路黑的。

萬喚：這什麼話？

千呼：一定是從小就黑。

萬喚：生來就黑。

千呼：生出來，一團黑炭，老爸看了不喜歡。二哥二嫂嫌多了一個人來分家產，就害他。

萬喚：哎喲。

千呼：幸虧大哥大嫂是好人，救了回來，大嫂因為也剛生兒子，奶水充足，就順便把小叔也養大了。

萬喚：這……有點怪怪的？

千呼：包拯長大了，將大嫂視為親娘一樣孝順，尊稱「嫂娘」。

萬喚：好吧。

千呼：包拯是文曲星下凡，聰明、功課好，參加科舉，輕易就考上了。

萬喚：當官兒了。

千呼：可是，因為太黑了，長相不起眼。

萬喚：站在朝堂之上有礙觀瞻。

千呼：啊？

萬喚：對呀，皇上有事兒要問他，屋裡沒點燈，老找不到人呀？

千呼：啊？

（萬喚自動演起來，千呼配合。）

萬喚：「我說……包拯哪兒去了？」

千呼：「臣在。」

萬喚：「在哪兒呢？」

千呼：「臣在。」

萬喚：「我怎麼光聽到聲兒，看不見人呢？」
千呼：「臣就在這兒！」
萬喚：「太黑了，看不見。來呀！」
千呼：「有！」
萬喚：「點燈，找人！」
千呼：像話嗎？
萬喚：長得太黑了嘛。
千呼：確實，因為長相不討喜，被外放，到定遠縣當縣太爺。
萬喚：定遠縣？
千呼：你聽這個名兒，「一定很遠」。
萬喚：是吧。
千呼：所以呀，古代的科舉制度未必是真公平，到最後還是以貌取人呀。
萬喚：顏值高，還是吃香。
千呼：功課好、長得帥，還不一定能順利考試。
萬喚：為什麼呢？

（另啟話題。）

千呼：大考，每三年舉行一次，全國的考生，都要到京城來集合。

萬喚：這叫「大比之年」。

千呼：路途遙遠的，籌措路費的困難還不說，一路上翻山越嶺、千驚萬險。

萬喚：怕人偷、怕人搶，還怕人騙。

千呼：最怕的，是自己禁不起誘惑。

萬喚：哦？

千呼：有一個從南方，窮鄉僻壤，山窩窩裡出來的書生，從來沒到過大城市。

萬喚：欠缺社會經驗。

千呼：看到新鮮事物，難免就受到誘惑。

萬喚：沒這麼脆弱吧？

千呼：有句話說「上有天堂，下有蘇杭」。

萬喚：蘇州、杭州確實是好地方！

千呼：這個鄉下書生，經過蘇州，被各種美麗的事物迷惑了。

萬喚：例如？

千呼：蘇州的刺繡漂亮。

萬喚：是的。

千呼：蘇州的扇子精緻。

萬喚：沒錯。

千呼：蘇州的點心好吃。

萬喚：芝麻酥、花生酥、核桃糕、松子糕。

千呼：蘇州的大菜也好吃。

萬喚：醬鴨、醬肉。

千呼：響油鱔糊。

萬喚：黃燜栗子雞。

千呼：松鼠鱖魚。

萬喚：噁！

千呼：幹嘛？

萬喚：吃松鼠？

千呼：懂不懂啊！松鼠鱖魚，是一種料理方法。把新鮮的魚整條切花，下油鍋，炸到膨開，像松鼠的尾巴一樣，然後淋上糖醋醬汁。

萬喚：嚇我一跳。

千呼：你都少見多怪，更別說那個鄉下書生，和路上新認識的朋友，結伴上館子吃飯，一條松鼠鱖魚就把他迷倒了。

萬喚：好吧。

千呼：蘇州音樂好聽。

萬喚：那是什麼？

千呼：蘇州彈詞。

萬喚：對囉。

千呼：撥著三弦、琵琶，說說唱唱。

萬喚：好聽。

千呼：（唱）「那時我要豎旗杆、要改門庭、備轎馬、換衣巾。我要買幾個嬌嬌滴滴滴滴嬌嬌青衣小婢來伴晨昏。」

萬喚：聽不懂？
千呼：蘇州話，吳儂軟語。
萬喚：噢。
千呼：蘇州話從蘇州女人的嘴裡說出來，可就更好聽了。
萬喚：蘇州美女長相特別的秀氣，說話特別的好聽。
千呼：那鄉下來的書生，在青樓，聽美人唱了一次彈詞，就迷上了。
萬喚：很難抗拒。
千呼：第二天又來、第三天還來。
萬喚：該繼續上路，還要考試呢。
千呼：他不是一個富裕的人，盤纏還是老父親賣了牛、外帶賣了老臉，借來的。
萬喚：你看。
千呼：第七天，身上的錢就花光了。
萬喚：完了。
千呼：別說聽音樂、看美女。京城也不必去了。
萬喚：考試也完蛋了。

千呼：整個人跟掉了魂似的。姑蘇城日正當中，然而他卻憔悴地，在街頭飄蕩。
萬喚：遊魂。

（千呼模擬呈現書生昏聵的樣子。）

千呼：蘇州刺繡、蘇州扇子……
萬喚：還買呀？
千呼：看到廣告。
萬喚：喔，幻覺。
千呼：花生酥、核桃糕、松鼠鱖魚……
萬喚：還吃呀？
千呼：聞到味道。
萬喚：幻覺。
千呼：蘇州彈詞……
萬喚：還唱呀？

千呼：心裡的聲音。
萬喚：幻覺。
千呼：蘇州美女！
萬喚：一切都是幻覺！
千呼：不是幻覺。
萬喚：啊？
千呼：他正好經過一個弄堂口，一位纖瘦的美女，直挺著腰，正在為琵琶調弦。
萬喚：這……不是幻覺？
千呼：那女子，微微低著頭，側著臉。
萬喚：不是幻覺？
千呼：眼角秋水蕩漾，望向他。
萬喚：不是幻覺？
千呼：淺淺一笑。
萬喚：這還不是幻覺？
千呼：這是幻覺。

萬喚：啊？

千呼：正所謂「半夜見鬼，還有三年。白日見鬼，就在眼前。」

萬喚：什麼意思？

千呼：光天化日之下，看見別人所看不見的東西，就代表時辰到了。

萬喚：唉。

千呼：人生在瞬間化為烏有，客死異鄉。

萬喚：可憐哪……等一下，所以，是一個女鬼在彈琵琶？

千呼：不，是琵琶，幻化成了妖精。

萬喚：琵琶是樂器，是沒有生命的東西，怎麼會幻化成妖精？

千呼：舉凡天下萬物，因為機緣巧合，吸收了日月精華，都有機會化成妖怪。

萬喚：我聽過蜘蛛精、狐狸精，皮蛋鹹鴨蛋也化成精，還沒聽說過琵琶精。

千呼：一個人，少見多怪，通常不一定要說出來。

萬喚：這……

（另啟話題。）

千呼：所謂「在家千日好，出門步步難。」
萬喚：出門在外，一切都要小心。
千呼：尤其要慎選客棧。
萬喚：旅館，古代叫客棧。
千呼：有些客棧，會在酒裡下蒙汗藥，把客人剁成餡兒，包成包子。
萬喚：小說看太多。
千呼：有些客棧，會在菜裡下毒，把客人剁成餡兒，包成餃子。
萬喚：戲看太多。
千呼：有些客棧，會從窗外噴迷香，劫財劫色！
萬喚：你想太多！
千呼：然後，把客人剁成餡兒，烙成餡兒餅。
萬喚：不至於吧？
千呼：最怕遇到鬧鬼的。
萬喚：啊？

千呼：客棧鬧鬼，是常有的事。

萬喚：是嗎？

千呼：所謂鬧鬼，不一定真的有鬼，而是牛鬼蛇神的作為。

萬喚：哦？

千呼：例如，有一間大客棧，房間根本訂不到。

萬喚：那不是白搞？

千呼：是因為人滿為患，住進去都不搬出來。

萬喚：有這種事？

千呼：當時的那個朝代，正處於「賊寇四起，天下大亂」的時節。

萬喚：我們都很熟悉。

千呼：犯罪的人太多，而執政者、執法者，又喜歡討好人民，找足了理由要為犯罪者開脫。

萬喚：重視犯罪者人權，卻忽略補償受害者的人權。

千呼：他們發明了一個冠冕堂皇的說辭。

萬喚：是？

千呼：「有教化可能」。

萬喚：呸！
千呼：任何犯罪者，只要提出「有教化可能」的説辭，就有可能輕判。
萬喚：哼！
千呼：為了息事寧人，也是眼不見為淨，乾脆搞了一塊地，蓋了間大客棧，讓「有教化可能」的人，都住進去。
萬喚：什麼樣的人，「有教化可能」呢？
千呼：凡是犯罪之後，有道歉的，社會必須仁慈，給他改過的機會，所以就「有教化可能」。
萬喚：例如？
千呼：拖死小狗，然後道歉，所以有教化可能。
萬喚：啊？
千呼：掐死小貓，然後道歉，所以有教化可能。
萬喚：什麼？
千呼：在車廂裡弄死別人，然後道歉，有教化可能。
萬喚：在馬路上弄死別人，然後道歉，有教化可能。

千呼：弄死鄰居老人，然後道歉，有教化可能。

萬喚：弄死自己媽媽，然後道歉，有教化可能。

千呼：弄死女朋友，然後道歉，有教化可能。

萬喚：弄死小朋友，然後道歉，有教化可能。

千呼：敗壞風氣。

萬喚：殘害國家。

千呼：按錯飛彈鈕。

萬喚：點錯小數點。

千呼：放錯颱風假。

萬喚：選錯執政黨。

千呼：然後道歉。

（頓。）

二人：有教化可能。

（頓。）

萬喚：算了，好好住下來，接受教化吧。

千呼：鬧鬼。

萬喚：啊？

千呼：每逢四更時分。

萬喚：半夜兩三點的時候。

千呼：客棧裡迴盪著鬼哭神嚎。（唱）「抓一把……」

萬喚：這麼嚇人哪！

千呼：四更天，正是人睡眠最沉的時候。被嚇醒，特別難受。

萬喚：生氣。

千呼：大家找，找這聲音的來源。（唱）「抓一把……」

萬喚：在哪兒呢？

千呼：慢慢慢慢，所有人都聚集到大廳來了。

萬喚：在大廳？

千呼：大廳裡，有一座裝置藝術，是一座老戲台。

萬喚：大手筆。

千呼：現在有很多地方這樣搞，去拆人家的老房子，拆點窗框、門板什麼的，看似古色古香，實際上，上面有點什麼亂七八糟的髒東西，誰也不知道。

萬喚：嗯……洗乾淨了就好。

千呼：（唱）「抓一把……」彷彿，聲音就是直接從戲台上傳出來的。

萬喚：哦？

千呼：傳統的戲台，出將入相，勾欄，藻井，一桌二椅。

萬喚：很講究。

千呼：大家聚集到戲台前，仔細聆聽。（唱）「我本屈死一鬼魂……」

萬喚：媽呀！有鬼呀？

千呼：您聽懂了？

萬喚：我也會唱呀。

千呼：變賣祖產的敗家子，犯了事，也送進來教化，他也聽懂了。

萬喚：他是？

千呼：這傢伙的曾祖父，蓋了一座戲園子，一度毀於戰火。

萬喚：賊寇四起，天下大亂。

千呼：後來他的祖父重修了戲園子。他的父親苦苦還撐了一陣子，兩腿兒一蹬，他就忙著拆了戲園子，賣地。

萬喚：劇場好好的，幹嘛拆呢？

千呼：唱戲，他沒興趣。地皮多值錢哪！

萬喚：就想著要錢了。

千呼：戲園子，就是現在這間大客棧的所在地點。

萬喚：就是這塊地？

千呼：曾經有許多戲班子進駐，有許多位名伶在這裡登台。

萬喚：曾經興旺過。

千呼：原本的東家，是一位成功的生意人，由於自己喜好，蓋個戲園子，請人來表演，偶爾，自己也登台，過過癮。

萬喚：是位票友。

千呼：由於他是一位真正有藝術涵養的人，因此，很在乎戲演得好不好？看戲的人好不好？對於戲園子賺不賺錢，並不放在心上。

萬喚：有品味的人。

千呼：有一陣子，戲台上最紅的角兒，是一位坤伶。

萬喚：周太太。

千呼：誰？

萬喚：周董的老婆，昆淩嘛不是？

千呼：什麼呀！乾坤的「坤」，伶人的「伶」。

萬喚：噢！「坤伶」，我知道，就是女演員的意思。

千呼：打岔。

萬喚：你自己要賣弄，說「女演員」不就好了，咬文嚼字的，說「坤伶」。

千呼：我之所以這麼說，就是為了強調她的與眾不同。她不但是坤伶，還是一位「坤生」。

萬喚：唱老生的？

千呼：女演員，唱男人唱腔，身高夠，面容英氣勃勃，嗓音醇厚又嘹亮，可遇而不可求。她還有個粗獷的名字，叫「火妞兒」。

萬喚：特殊人才。

千呼：三《斬》一《碰》都不在話下。拿手戲，《烏盆記》。

萬喚：難度很高呀！

千呼：（唱）「老丈……不必……膽怕驚……」

萬喚：您也不弱呀。

千呼：好說。

（頓。）

萬喚：這《烏盆記》，是一齣鬼戲呀。

千呼：說得沒錯。被陷害的冤魂，附在黑黑的瓦盆上，向老人家張別古哭訴，請求協助，到包公面前伸冤。

萬喚：很可憐的故事。

千呼：女演員畢竟是女演員，雖然唱男人角色，但先天的女性嗓音，又將唱腔裝飾得三分柔媚。

萬喚：喔。

千呼：孤獨的冤魂，不為人知的深仇大恨，唱出來有一股特別的韻味。

萬喚：嗯。

千呼：（唱）「抓一把……沙土揚……灰塵……」

萬喚：嘿！

千呼：火妞兒，被一位客人看上了。

萬喚：啊？

千呼：瘋狂展開追求，送衣服、送首飾，還承諾，如果願意嫁給他做五姨太，給她買帶院兒的房子。

萬喚：五姨太？

千呼：戲子，沒有資格做大太太的。

萬喚：這……

千呼：那客人大手筆，訂購了一整套，五十件的點翠頭面。

萬喚：什麼叫「頭面」？

千呼：所謂「行頭」，「形頭」，戲台上角色的身形與頭面，就是服裝造型的意思。「頭面」是裝點在女性角色頭上的首飾，五十件是非常完整的一套。而所謂「點翠」，是指首飾的著色，使用的是翠鳥的寶藍色羽毛。

萬喚：啊？

千呼：活鳥的羽毛才有光澤，所以製作過程，是硬生生的拔毛，貼上去。

萬喚：很殘忍欸。

千呼：非常殘忍。而且，這位客人搞錯了。

萬喚：搞錯什麼了？

千呼：坤生，雖然是女演員，但是，在台上演的是男人，你送她旦角兒的頭面，豈不拍錯馬屁？

萬喚：不懂裝懂，這種人最討厭。

千呼：火妞兒在後台，打開了一整盒的點翠，又好氣又好笑，取出了一支髮簪，做成蝴蝶形狀，四根翅膀，兩條觸角，都用了彈簧，藍色的點翠，閃著魔幻光澤。

萬喚：這叫「點翠蝴蝶簪」吧？

千呼：可不是嗎？對著鏡子，瞧自己模樣，可不也是個大閨女？女人，是喜歡這簪子的，但，被不懂戲的俗人纏上了，可怎麼好？

萬喚：討厭。

千呼：不知不覺，趴在梳妝台上，就睡著了。做了一個夢，夢中，在戲台上，唱她最拿手的《烏盆記》。（唱）「我忙將……樹枝……擺……搖動……」

萬喚：夢裡還唱呢。

千呼：睡夢中，手上的點翠蝴蝶簪滑落地下，好巧不巧，鑽進一道地板縫縫裡。

萬喚：掉啦？

千呼：一覺醒來，做了人生的重大決定。不唱了。

萬喚：嫁人，不唱了。

千呼：不，逃走，找個沒有人認識的地方，過平凡生活，再也不唱了。

萬喚：啊？

千呼：藝術的魅力，留在過去的舞台上了，留在最後的那場夢裡了。

萬喚：這是何苦？

千呼：其實，火妞兒心有不甘，所以，一場夢，變成了怨念，繞梁三日的嗓音，化成了三生三世的怨念。

萬喚：啊？

千呼：一切的緣由，都只是女演員在後台做的一場夢。

萬喚：哦？

千呼：一場唱戲的夢，把她對藝術的執念、表演的習氣，留在那支點翠蝴蝶簪上了。

萬喚：很美。

（頓。）

千呼：後台不可以做夢的。

萬喚：為什麼？

千呼：劇場後台的禁忌很多。

萬喚：不可以抽菸、不可以打牌，有些還不准吃東西。

千呼：你說的是「規定」，我說的是「禁忌」。

萬喚：有什麼不一樣嗎？

千呼：天下萬物，陰陽相生。劇場，是一門屬「陰」的行業。尤其後台，經常在關燈、黑暗的狀態。因此，一些祖師爺傳下來的規矩，久而久之，就成了禁忌。

萬喚：哦？

千呼：唐玄宗李隆基，在大明宮「梨園」首創教坊制度，是人類文明中最早的皇家表演藝術學院。也因此，後世的劇場工作者，尤其從事傳統音樂、舞蹈、戲曲、說唱藝術的表演藝術家，會自稱「梨園子弟」。

萬喚：我們都是「梨園子弟」。

千呼：李隆基，就被後世尊奉為「祖師爺」。

萬喚：又稱「老郎神」。

千呼：而梨園的首席藝術家雷海青，更是個傳奇人物。

萬喚：說說。

千呼：他是個棄嬰，水塘裡的螃蟹，吐泡泡餵他，讓他不渴。鴨子用翅膀給他遮風，讓他不冷。這才被人發現獲救。

萬喚：螃蟹和鴨子這麼有靈性？

千呼：所以，梨園子弟絕不吃螃蟹，祭拜所用的供品，也絕對沒有鴨子。

萬喚：原來你不吃螃蟹是有原因的！
千呼：後來，安祿山造反，唐玄宗逃出了長安。
萬喚：「安史之亂」。
千呼：勇敢的雷海青，居然在安祿山要看表演的時候，站出來罵他，因此被害死。
萬喚：是個有原則的好漢。
千呼：雷海青死後，被封為「都元帥」，英靈升天，庇佑著逃亡中的唐玄宗，天空中飄動著都元帥大旗，上面寫著「雷」字，但是旗的上半部被雲霧遮住了，只看到下半部的「田」字，所以，梨園大總管雷海青，又稱為「田都元帥」，是傳統戲曲的守護神。
萬喚：我終於一次聽到了完整的典故。
千呼：是嗎？
萬喚：雷海青是傳統戲曲守護神？
千呼：是的。
萬喚：怪不得現代人也常把「洩漏劇情」說是有「雷」。
千呼：別胡扯，跟那個沒有關係。

萬喚：真的沒有關係嗎？

千呼：雷海青受過螃蟹、鴨子的恩情，小時候和其他小動物的感情也特別好，他封神之後，小時候的玩伴「金雞」、「銀犬」也都成為左右將軍。

萬喚：「雞犬升天」哪！

（頓。）

千呼：李隆基其中一個兒子，還在襁褓之中，在後台衣箱上睡著了。李隆基專心排戲，忽略了他，結果被蓋在身上的戲服悶死了。

萬喚：哎喲。

千呼：台上用的娃娃道具。

萬喚：我知道，那叫「喜神」。

千呼：有特別嚴格的管理規範。喜神上了台，演的就是嬰兒，該哭、該笑、該撒尿，都隨著演員擺弄。但是一旦到了後台，就有專門的盒子擺放，而且娃娃臉要朝下，避免它自己亂跑。

萬喚：成了「安娜貝爾」就不妙了。
千呼：為了紀念祖師爺死去的兒子，「喜神」又被尊稱為「大師哥」。
萬喚：要非常注意。
千呼：要非常注意！是「大師哥」，這是專有名詞。
萬喚：知道了。
千呼：這些禁忌，換個角度看，也是在心理層面上保護梨園子弟。
萬喚：是。

（頓。）

千呼：後台還有一項禁忌，非常關鍵。
萬喚：是？
千呼：就是不可以做夢，連說一說昨天做的夢，都不行。
萬喚：這太奇怪了吧！戲劇，是一門「造夢」的藝術，在後台卻不能說夢？
千呼：正是因為這個緣故。戲劇的內容，本身就是虛構的，一般人在日常生活中的夢想，在真實世界辦不到，通過看戲來滿足。我們演戲的人，就已經是夢中人物了，到了後台還做夢，你不怕攪纏不清、難以自拔嗎？

萬喚：說得有道理。

千呼：而且，「習氣」的影響很深遠。

萬喚：何謂「習氣」？

千呼：按照字面上理解，可以解釋為「習慣性的氣質表現」。一個人過度愛美，他的服裝、首飾、用品上，就沾染他愛戀的習氣。一個人過度貪財，他的皮包上，就留下貪財的習氣。一個人愛喝酒……

萬喚：怎麼樣？

千呼：他用過的酒壺、酒杯上，就沾染了酗酒的習氣。

萬喚：知道了。

千呼：相同的，一個人癡迷於書本，書本上也沾染著書呆子的習氣。

萬喚：照這麼看，現代人的各種訊息，都是通過手機來聯結的，習氣都沾染在手機上。

千呼：您懂了。

萬喚：懂了。

千呼：一個夢，夢裡唱了最拿手的戲，執念太強，繞梁三日，變成三生三世。把一個夢，種在了點翠蝴蝶簪上。
萬喚：每天滑手機，你的夢，就都沾在手機上。
千呼：蝴蝶，意外的掉到了地板夾縫中。
萬喚：手機被別人摸到，那個夢，就被別人知道了。
千呼：整座戲台，又陰錯陽差地被建構在客棧大廳。
萬喚：一傳十十傳百，你的夢，就公諸於世了。
千呼：所有人就聽到了。
萬喚：所有人都知道了。
千呼：（唱）「我本屈死一鬼魂……」

（頓。）

萬喚：有鬼？
千呼：根本沒有鬼，迴盪空中的，是一句唱詞。

萬喚：一齣戲。

千呼：前人創業，後人守成。但是只重視財富、忽略了人文底蘊，只看見表面價值，卻不顧深層文化意義，拆掉賠錢的戲園子，蓋起賺錢的大客棧，一時之間，還搞不清楚自己敗掉了什麼，損失有多嚴重。

萬喚：被執念蒙蔽了。

千呼：一點都沒錯。

萬喚：所以這些住在客棧裡的人，根本是自己嚇自己。

千呼：做錯事情，不求覺悟，沒有同理心，只想自己脫身，號稱「有教化可能」，只為了在世間苟延殘喘，自私爭取權利，卻忘了正是他剝奪了其他人自然生在世間的基本權利。

萬喚：唉！

千呼：賴在一個戲園子改建的大客棧裡，不明所以，忍受鬧鬼，簡直無異於地獄。

萬喚：自找的。

千呼：魔由心生啊！

萬喚：您救救他們？

千呼：我沒有這種能力，人們並不覺得需要被拯救。
萬喚：怎麼說？
千呼：人，都是被自己的「執念」所困。有人為了陞官，有人為了發財，有人為了選票，有人為了虛妄的名聲，有人……例如我，是為了自己的藝術理念。
萬喚：你也有執念。
千呼：是個人，都難免。
萬喚：那，救救您自己吧！

（頓。）

千呼：有道理。說個故事，勸勸自己。
萬喚：說。
千呼：孤獨，令人憂慮。孤獨死去，是最令人害怕的一件事。
萬喚：是。
千呼：而「客死異鄉」，又是最難以想像的恐懼。

萬喚：唉。
千呼：最可憐的「客死異鄉」的故事，就在《包公案》裡。
萬喚：是。
千呼：包公剛剛被派到定遠縣。
萬喚：一定很遠的那個縣。
千呼：馬上就面對了一場離奇的殺人事件。
萬喚：包公要扮柯南了噢。

（頓。）

千呼：這是什麼比喻？包公自己就是很厲害的推理專家，幹嘛還要扮柯南？
萬喚：這樣故事比較好玩嘛。
千呼：所以……包公吃了縮小藥丸，變成一個黑黑的小鬼，跟另外四個小朋友……誰？
萬喚：張龍、趙虎、王朝、馬漢。
千呼：都成小朋友了？他們追蹤凶手，證據差不多了，用迷魂針，把誰弄昏？

萬喚：公孫先生。

千呼：公孫先生？

萬喚：他演毛利小五郎。

千呼：萬一，證據不足，還要請南俠展昭出馬協助。

萬喚：關西高中生偵探，服部平次。

千呼：有時候，錦毛鼠白玉堂也會幫忙。

萬喚：怪盜基德！

千呼：你怎麼都有人啊？

萬喚：對呀。

（頓。）

千呼：被你一說我覺得很可疑？

萬喚：怎樣？

千呼：《名偵探柯南》怎麼會和《包青天》如此雷同？

萬喚：根本改編自《包青天》。
千呼：啊？
萬喚：主要人物都可以和《包青天》對號入座。
千呼：還有誰？
萬喚：毛利蘭。
千呼：她是？
萬喚：秦香蓮。
千呼：為什麼？
萬喚：陳世美，避不見面。工藤新一，也總是避不見面。
千呼：你？
萬喚：總而言之，「真相只有一個」！

（頓。）

千呼：被你一攪和，我都忘了說到哪兒了？

萬喚：說到「定遠縣殺人事件」。
千呼：對……
萬喚：阿笠博士和目暮警官還沒有人演。
千呼：不要再鬧了。
萬喚：您請說。
千呼：老人家張別古，端著一個烏黑的瓦盆，到衙門來喊冤。
萬喚：《烏盆記》！
千呼：《烏盆記》。話說，有一個商人，名叫劉世昌。
萬喚：劉世昌。
千呼：是批發綢緞的生意人，一年下來，經營順利，在各地的店面都收到了帳款。
萬喚：這不容易。
千呼：各個店面，都是小本經營，也因此，繳交的都是現成的銀兩。
萬喚：不是支票。
千呼：嗯？
萬喚：不是銀票。

千呼：身上帶著太多的銀兩。

萬喚：應該請個保全。

千呼：嗯？

萬喚：應該請個保鑣。

千呼：他只帶著一個書僮。

萬喚：太粗心了。

千呼：劉世昌心裡緊張，就催著趕路，錯過了客棧，在山間小路，下雨了。

萬喚：糟糕。

千呼：天也快黑了，主僕二人越走越害怕，迷濛之間，發現山窩窩裡，有燈光？

萬喚：很可疑？

千呼：往燈光的方向走去，是一戶人家。

萬喚：太可疑？

千呼：走得更近一看，屋裡有人影晃動。

萬喚：非常可疑？

（頓。）

千呼：有什麼可疑？

萬喚：我也不知道，製造一點氣氛嘛。

千呼：在山間小路旁偶然經過不知名的人家，明知道很可疑，主僕二人還是硬著頭皮，上前敲門。

萬喚：請進。

千呼：來開門的，是一對中年夫妻，住在這荒僻的地方，是為了照顧瓦窯。

萬喚：瓦窯？

千呼：他們是燒窯的，利用山裡的陶土，燒點鍋碗瓢盆，再到街上去賣。

萬喚：噢，陶藝家。

千呼：類似。

萬喚：宋朝，是中國陶瓷藝術的高峰，有所謂五大名窯，汝窯、官窯、哥窯、鈞窯、定窯。

千呼：哎呀！刮目相看！你怎麼會這麼清楚呀？

萬喚：好說好說，敝姓宋，當然要對宋朝有一定的認識。

千呼：宋朝的皇帝並不姓宋。
萬喚：姓趙。
千呼：這您也知道。
萬喚：這有什麼呢？宋太祖趙匡胤，宋徽宗趙佶，宋高宗趙構。送優惠券照買、送飛機票照玩……
千呼：這是亂「送」什麼呀？
萬喚：您說。
千呼：送劉世昌去鬼門關的凶手，叫做趙大。
萬喚：也姓趙？
千呼：趙大夫妻，將劉世昌主僕請進屋裡，趙大的老婆一眼就看出劉世昌有錢！
萬喚：怎麼看出來的？
千呼：劉世昌被雨淋濕了。
萬喚：濕身了。
千呼：都濕透了。
萬喚：濕身型男。

千呼：背上的包袱也濕透了。
萬喚：濕背秀了。
千呼：裡面的銀兩都鼓出來了。
萬喚：銀兩激突了。
千呼：你可不可以正經一點？
萬喚：對不起。
千呼：趙大的老婆好興奮。
萬喚：你還說我！
千呼：幹嘛？
萬喚：女人看到了濕透了的男人，興奮是正常的。
千呼：你說哪兒去啦？我說，趙大的老婆，看到一整包的銀兩，興奮了！
萬喚：生理反應都是差不多的。

（以下，演起來，千呼演劉世昌，萬喚演趙大夫妻。）

千呼：趙大，招待劉世昌主僕更衣，劉世昌感激萬分。說：（演出情境）「只借住一宿，明日告辭，必當酬謝。」

萬喚：（演趙大）「萬不用客氣。所謂在家千日好，出門步步難。與人方便，自己方便。有緣千里來相會，無緣見面不相識。該死的活不了，抓著的跑不掉。才下眉頭，卻上心頭。您說是也不是呀？」

千呼：你怎麼這麼多詞兒呀？

萬喚：我是壞人，言多必有詐嘛。

千呼：（對觀眾）於是，趙大燒了四道小菜，端了上來。

萬喚：（繼續演）「客倌，來了！第一道，上的是『黃河滾滾天上來』，在鍋裡頭明火三分鐘、暗火三分鐘，正所謂『輕解羅裳，獨上蘭舟』。」

千呼：（也配合演）「小弟才疏學淺，不明白您此地的物產風俗。請簡單說，那是什麼？」

萬喚：「煮地瓜。」

千呼：「哎呀，真是講究。」

萬喚：「這第二道，上的是『黃沙滾滾山上來』，文火三分鐘、關火三分鐘，正所謂『雁字回時，月滿西樓』。」

千呼：（自語）說的都不相關，有難度。（演）「小弟才疏學淺，不明白您此地的物產風俗。請簡單說，那是什麼？」

萬喚：「蒸地瓜。」

千呼：「哎呀，趙大哥學富五車，真是講究。」

萬喚：「第三道，上的是『黃泥滾滾地下來』，挖洞三分鐘、掩埋三分鐘，正所謂『一種相思，兩處閒愁』。」

千呼：「方才說過了，小弟才疏學淺，請趙大哥直說，那是什麼？」

萬喚：「烤地瓜。」

千呼：「趙大哥飽讀詩書，這宋朝女詞人李清照的名句，您是信手捻來呀！」

萬喚：「誰？」

千呼：「李清照。」

萬喚：「李清照是誰？」

千呼：「就是您唸的那些句子的作者。」

萬喚：「不知道。」

千呼：「啊？」

萬喚：「昨天買了八個地瓜，包地瓜的包裝紙上寫的字，我隨便唸唸。」

千呼：「啊？」

萬喚：「第四道，『黃湯滾滾鍋裡來』，煮湯三分鐘、喝湯三分鐘，所謂『尋尋覓覓，冷冷清清，淒淒慘慘戚戚』。」

千呼：「這是？」

萬喚：「地瓜葉，煮湯。」

千呼：（對觀眾）合著全是地瓜。

萬喚：「荒郊野外，沒有好東西，客倌多多見諒。」

千呼：「不敢當，承蒙盛情招待呀！」

萬喚：「客倌，多吃一點。」

千呼：「別客氣，您也坐下，大家一塊兒吃吧。」

萬喚：「那怎麼好意思呢？」

千呼：「我才不好意思，坐下吃吧。」

萬喚：（打背拱）「地瓜裡有別的意思，我不能吃。」

千呼：「什麼意思？」

萬喚：「您吃，不要不好意思，您一再不好意思，也要我表示意思。我一旦意思意思，我也不好意思了。」
千呼：「什麼意思？」
萬喚：（對觀眾說明）這個時候，趙大的老婆，端著一壺酒，上來了。（演趙妻）「來了……『昨夜雨疏風驟，濃睡不消殘酒』。客倌，您知道我剛才那兩句的意思嗎？」
千呼：（配合演）「知道呀，包地瓜的包裝紙上寫的字。」
萬喚：「嗯！討厭，你調戲奴家，奴家不來了。」
千呼：「我……沒有啊？」
萬喚：「你有。」
千呼：「我沒有。」
萬喚：「就有。」
千呼：「沒有。」
萬喚：「就有就有就有！」
千呼：「沒有沒有……是沒有什麼呀？我都亂了。」

萬喚：「不管，就有！」
千呼：（跳出來）好啦！這樣一直來來回回，劇情很無聊欸！
萬喚：「當著奴家丈夫的面，奴家要向您坦白。」
千呼：「大嫂不必過謙，有話直說就是。」
萬喚：「我說了，你不可以罵我喲。」
千呼：「不會。」
萬喚：「你不可以打我喲。」
千呼：「不會的。」
萬喚：「不可以恨我喲。」
千呼：「絕對不會的。」
萬喚：「奴家先跟您道歉，奴家有教化可能，您要教化教化奴家。」
千呼：（打背拱）「這話聽起來非常猥褻。」
萬喚：「奴家在酒菜裡下毒，你死定了！」
千呼：「啊！我……我……我……」
萬喚：「你死吧！」

千呼：（對觀眾）劉世昌一命嗚呼。
萬喚：「哎呀，還有個書僮，酒喝得太少，毒性不夠，還沒死。」
千呼：啊？
萬喚：（一人飾演兩角）「嗯！你調戲奴家！」「我沒有。」「你就有。」「沒有。」「就有。」「沒有。」「就有。」「沒有沒有沒有沒有！」
千呼：好啦！有病啊！
萬喚：後來怎麼了？

（兩人回歸說書人層次，為故事收尾。）

千呼：後來，趙大夫妻將劉世昌主僕剁成肉醬，和陶土攪和攪和，送進瓦窯中，燒成黑漆漆的烏盆，丟在牆角。
萬喚：一樁無頭冤案。
千呼：三年後，老人家張別古來討欠款。趙大沒錢，就請張別古隨便選個瓦盆抵債，好巧不巧，奶油桂花手！

萬喚：張別古挑了一個會唱戲的烏盆。

千呼：（唱）「望求老丈把冤申……」

萬喚：張別古幫他申冤嗎？

千呼：張別古是個老好人，將烏盆送至定遠縣衙門，新上任的年輕縣令乃是文曲星下凡的包青天，正是！

（拍案。）

日審陽、夜判陰，通透陰陽，捉拿趙大夫妻，為客死異鄉的可憐人申冤。

（頓。）

萬喚：故事說完了。

千呼：包公雖然破案了。

萬喚：正義伸張。

千呼：烏盆還是冤死了。
萬喚：客死異鄉。
千呼：拆掉戲園子，改成大客棧。
萬喚：有錢人更有錢了。
千呼：藝術家怎麼辦？
萬喚：自生自滅。
千呼：有沒有人後悔？
萬喚：有沒有人在乎？
千呼：有沒有人道歉？
萬喚：有沒有教化可能？

（頓。）

千呼：唐明皇創辦教坊，安祿山害死了梨園大總管。
萬喚：賊寇四起，天下大亂。

千呼：雷海青，成了田都元帥。

萬喚：雞犬升天。

千呼：梨園子弟不吃螃蟹。

萬喚：颱風假按照規定要放一整天。

千呼：說什麼呀？

（長長的停頓。）

萬喚：你認為，這個世界上到底有沒有鬼？

千呼：我個人並沒有遇見過鬼。

萬喚：所以，沒有鬼。

千呼：但是有些人心裡有鬼。

萬喚：所以，有鬼。

千呼：他們裝扮得人模人樣。

萬喚：沒有鬼。

千呼：但做起事來鬼鬼祟祟。
萬喚：有鬼。
千呼：我不敢斷言世上沒有鬼。
萬喚：沒有鬼。
千呼：但有一些事情絕對有鬼。
萬喚：有鬼。
千呼：所以……
萬喚：有沒有鬼？

（二人對面相覷，停頓。）
（啪地一聲，燈光突然全暗。）
（劇終。）

附錄

一篇訪問紀錄，馮翊綱中肯表述了近年的創意主張。

本文亦收錄於宋寶珍主編《訪談與研究：中國話劇藝術家談藝錄》，文化藝術出版社出版，原篇名為〈相聲劇的常則與例外〉，收錄於本書時，由原作者訂為現在篇名。因應臺灣讀者習慣，對語彙、標點符號等，由馮翊綱進行微調修整和潤飾。

作者（採訪記錄人）王津京，一九八四年生，中國政法大學法學院畢業，曾任法律圖書編輯。現為中國藝術研究院碩士研究生，主攻話劇史與話劇理論。

附錄

得其環中　以應無窮——【相聲瓦舍】創辦人馮翊綱訪談錄

採訪記錄◎王津京

引言

二〇一一年，【相聲瓦舍】來北京，上演了他們二〇〇一年的作品《東廠僅一位》。這個作品可是經過調查由大陸觀眾點選的。早在新世紀初，【相聲瓦舍】的作品已經通過網路為許多青年觀眾所認識，大家最喜歡的正是這部《東廠僅一位》。演出當晚，筆者也坐在保利劇院二樓，可以聽到有許多觀眾都在跟著演員默唸台詞。所謂「相聲劇」，很多問題到現在大家還是不甚明瞭，但大陸觀眾對相聲的認識是十分明確的，接受這樣的作品也毫無障礙，但研究者面對這樣的作品卻感到茫然。【相聲瓦舍】成立近三十年，作品也有幾十部了，絕大部分都是這種帶著鮮明相聲特色的舞台劇。身為【相聲瓦舍】的創始人及主要創作者，馮翊綱不但將傳統題材翻新，利用相聲的語言方式廣泛地討論社會、文化問題，反思人生，更在立體化的舞台空間中發展了多樣的表演形式，但其作品又始終未脫離那層可直觀的相聲面貌。《莊子．齊物論》中言：「彼是莫得其偶，謂之道樞。樞始得其環中，以應無窮。」西晉郭象注：「夫是非反覆，相尋無窮，故謂之環。環中，空矣；今以是非為環而得其中者，無是無非也。無是無非，故能應夫是非。是非無窮，故應亦無窮。」相聲在大陸地區的歷史已有近兩百年，在臺灣地區也已有數十年。這種在大陸地區被劃歸曲藝種類的藝術形式，在馮翊綱眼中儼然是另一番模樣。究竟他如何獲得了相聲的道樞，以應和了更為寬泛的戲劇表達，這還要從頭講起。

一九六四年十月，馮翊綱生於臺灣高雄。他的父親生於一九三一年，是陝西丹鳳人，本是農民子弟，抗日戰爭後期參加青年軍。隨軍抵達臺灣後，進入陸軍官校，畢業後擔任侍從武官，隸屬海軍陸戰隊，後成為海軍高級幕僚。他的父親在家中排行第四，與許多隻身赴臺、舉目無親的人不同，他父親的二哥當年也同赴臺灣，娶了一位美濃的客家女，住在鄉下。高雄左營軍港在日據時期便是重要的軍事基地，國軍接管後，海軍的大部分單位和眷屬悉數至此。因此幼年時，馮翊綱便住在左營自助新村九十四號。雖然是軍官級的眷村，但房屋也是建築結構較為簡單的平房，也就是他的作品〈戰國廁〉中曾提及的，一條房梁下隔開數個單元，每個單元為一戶的建築樣式，被他的母親戲稱為「火柴盒」。逢年過節，全家便坐上個把小時的車到鄉下的二伯家團聚。除了二伯一家，他的母親更是舉家遷臺。他有兩個姨媽和三個舅舅，最小的舅舅只比他大九歲。幼年時，他還見過太姥姥（姥爺的母親，閩南方言稱「阿祖」）。他的姥爺是河北遵化人，曾是活躍於平津地區的商人，戰爭爆發後加入海軍，一九四九年帶領母親及妻女前往臺灣。他的母親是長女，生在昌黎，十歲時到臺灣，後為「軍中之聲」電台主持人。在母親一家的影響下，馮翊綱自幼便學得一口標準的「京片子」，而這樣的口音在臺灣顯得頗為另類，甚至使人感到過於嚴肅、疏離。

說到對於相聲的興趣，從十四歲在同學家中翻到七張相聲唱片開始，十七歲已經能熟背幾十段傳統相聲，十九歲考上藝術學院獲魏龍豪親贈七盒錄音帶，為認識侯寶林等相聲大師打開一扇窗。除了相聲，更對傳統戲曲情有獨鍾。當年，尚在娃娃車裡的他就被太姥姥推著觀看野台歌仔戲。如果不是父親反對，他曾經被考慮送去海光劇校。雖然未曾學戲，但仍因為母親工作的關係，經常在劇場看戲。

在臺灣，他被稱為「相聲怪傑」，畢業於臺北藝術大學戲劇系（二〇〇一年以前稱國立藝術學院），獲得碩士學位，在多所大學教授劇本創作，卻以創作表演相聲聞名。一九八五年，在經歷了兩次落榜之後，終於如願進入藝術學院戲劇系。次年，在老師賴聲川的引領下，他承擔了《那一夜，我們說相聲》的劇本抄錄工作，並在一九九三年與李立群重新排演此劇。一九八八年，他與學弟宋少卿創辦【相聲瓦舍】，至今創作演出舞台藝術作品三十餘部，其中包括改編傳統相聲、舞台劇等。許多劇作的音像製品在銷售排行榜名列前茅，與流行音樂歌手並駕齊驅。另外，他還是《聯合文學》、《幼獅文藝》的專欄作家，並曾出版劇本、散文集等。移民二代的身分、對傳統藝術的喜愛、戲劇教育的背景和多年創作的經歷，使他的作品和創作觀念都有許多獨特之處。

一、西方戲劇理論視角下的相聲

王津京：

我們學校是隸屬文化部的藝術研究機構，為了讓大家知識更廣泛，戲劇戲曲學是戲曲、話劇、曲藝課程都要學習的。

馮翊綱：

早就應該這樣，這樣藩籬才能打開。有人認為，我就是戲曲行的，我才不管你在講什麼，我就是曲藝界的，我管你在講什麼。所以當我在講〈黃鶴樓〉這個演法跟後設[1]有關的時候，就有人問，這是什麼講法？你為什麼要拿西方戲劇的東西來套用？

王津京：

那我們到底要不要用西方的理論來研究我們的東西？

馮翊綱：

當然要啊，人類智慧可供借鏡，它如果毫無關聯性，就沒得講了。但數學上關於集合的概念，類比到各種藝術形式、表演形式的元素，當它們之間有交集，可以供我們理解事物的時候，為什麼連數學都不能用呢？數學不能供應藝術研究之用嗎？我們是戲曲民族，如果在戲曲發展過程中產生的思想可以用來解釋現代戲劇不易理解的部分，那西方的理論，歐洲人的思維如果對我們在思考上有所助益的時候，為什麼不能用呢？

1 後設，是臺灣對於meta-fiction的譯法，大陸地區譯為「元」。

王津京：您早年還是承認相聲與戲劇的區別的，但後來這個界線好像越來越模糊了。

馮翊綱：胡耀恆教授在一次討論會上就提出一個觀點，古希臘的「羊人劇」就是最早的相聲。我很喜歡這個說法，但不是說把相聲的歷史推到古代就很有意義。而是說，古希臘戲劇就是「說話的」，無論悲劇、喜劇，戲劇人物將「已發生過的事件」帶到場上敘述，描述，不是「發生」事件。人物在場上面對事實或者是謊言，作出反應、情緒，殺戮、挖眼，重要的行為拉到後台去執行。

說話是戲劇藝術的終極充要條件，戲劇就是說話的藝術。當然，古代可以找到類似的藝術樣態，但相聲確實是風行於十九世紀末，是一種現代戲劇類型。戲劇是廣義的集合名詞，相聲是其中的一項。大百科全書將戲劇、戲曲、曲藝分冊編輯，是因為中華民族的戲曲文明極為璀璨，說唱藝術異彩紛呈、卓然於世，應該分冊強調。但是，關漢卿只准叫「戲曲才人」，不准叫「戲劇作者」？這合理嗎？布萊希特的作品中有大量的說唱藝術素材，你絕對不能叫它曲藝嗎？貝克特的作品裡大量的二人幽默對話，那不也是相聲嗎？說起戲劇大師，人人都肅然稱是，我為什麼不可以說說呢？

我在臺灣師範大學講的戲劇史就是以相聲為起點的，相聲的寫實性與易卜生、契訶夫，相聲的敘事性與布萊希特，相聲的荒謬性與貝克特。相聲是在中國本土自動發展的白話語言表演藝術，並且是荒謬性的。《等待果陀》，那根本就是相聲。區分、區隔，這從來都不是藝術精神。相聲當然不是老舍那樣的戲劇，不是契訶夫那樣的戲劇，但它是古希臘那種樣式的戲劇，可能跟莎士比亞都很接近。

王津京：

按照西方戲劇理論，相聲應該是喜劇吧。

馮翊綱：

相聲的整體風格是「逗」這個字。早先的相聲，純粹逗樂調笑，後來的相聲，也加強了諷刺意圖，演員將自己設定為受害者，面對不合理的世界，飽受驚嚇、委屈，然後倒楣、出錯。觀眾是隨著演員的觀點和情感，從另一個角度看世界，透過取笑相聲演員而取笑不平的世道。按照意志論分辨，劇中人物的意志力大約等於一般人，有趨吉避凶的傾向，結局圓滿，這是喜劇；劇中人意志力高於常人，明知山有虎，偏向虎山行，以致結局不可收拾，這是悲劇；人物意志力明顯低於常人，觀眾眼巴巴看著他倒楣、出醜，表演為了製造笑料，這是鬧劇。傳統相聲是鬧劇風格，代言的人物多是卡片式的，必須一矢中的。表演中，捧哏的可以算是「觀眾代表」，他所表現的心智程度大致等於觀眾的程度，如果逗哏的心智慧力超過捧哏的太多，就等於超出觀眾太多，就有理解上的障礙了。

王津京：

您在文章中總結了一套相聲的「六字真言」，這是您對相聲結構的一種概況嗎？

馮翊綱：

不是結構，它只是比較有代表性的六種情緒反應，你可以按著這六個字的順序去寫一個小對話，它會很像相聲，但這不是相聲的結構。從文本角度研究相聲會有這樣一個漏洞，相聲的根本是「正在執行中的表演」，如果只從文本角度看，相聲表演就是敘事和代言交替運用。但這不是結構，什麼是結構，是敘事、代言與內容的對應呈現，才是結構。內容主體是一個故事或者一連串的故事，這是情節推演型的相聲；內容主體是論述一個或者相關的數個觀念，這是主題雜談型的相聲，演員表演的時候，寓觀念於故事情節，以故事舉例，佐證觀念，這就是本來就存在的，但是用文本觀念說不清的結構。

再說到「後設」，這是一個文學、戲劇上都有運用的手法。皮蘭德婁的《尋找劇作家的六個劇中人》是近代戲劇作品中，用以說明後設的典型例證。從前的相聲藝人，沒有機會接觸西方戲劇理論，我們現在何苦拘泥，局限相聲的格局，非要劃清曲藝和戲劇的界線，而拒絕更開闊的認知呢？後設觀念，是從現在進行式的口語傳播形態來理解相聲結構的核心。這樣的作品很多，以〈黃鶴樓〉為例，逗哏的說大話，吹牛，我坐科學藝，攀扯門派名號，捧哏的就出難題，現在就唱，結果醜態百出。後設的關鍵，是執行表演時，處理作品時空的態度。這個段子最不一樣的地方就是「現在」，不是過去的、虛構的，或者台詞的「現在」，而是表演現場發生的事情。作品的內容透過表演層次的準確執行，將當著觀眾面的虛構造假和真實的劇場時空重疊。

二、「相聲劇」只是一個名稱

王津京：您在文章中指出，相聲劇是一種相聲與戲劇結合的產物。到底是相聲進入到劇中，還是相聲被演成劇。

馮翊綱：我當年的文章是為了參與學術討論湊出來的。我現在就把這個名詞的來歷告訴你。

早年臺灣有個報紙叫《民生報》，是以文化藝術為主題的報紙。大約在《這一夜，誰來說相聲》，就是一九八九年的時候，《民生報》記者紀慧玲，在文章中使用的。她後來也是臺北藝術大學的博士，邱坤良的學生，寫了很多文章，也是我的同齡人。臺灣八〇年代後期有一場小劇場運動，出現很多小劇場演出。【相聲瓦舍】的特色，來自於中國傳統藝術——相聲，但我們從來不抱著相聲說相聲，而是扮著說相聲的樣子，穿長袍，拿扇子，說我們想說的內容，從第一天開始就是這樣的。像紀慧玲這樣的文化界人士，一些很有見解的記者很早就發現了。當時藝術學院的學生也是有點小造反的個性，年輕人的一種叛逆。臺灣沒有相聲傳承人，沒有「曲藝」概念，但是有「說唱藝術」這個名詞，紀慧玲就籠統地發明了一個名詞，來形容一群年輕的相聲愛好者研究這些藝術形式，將其作為創作的憑藉和理由，創作出來的作品。這些人都不是說相聲的，因此，很難以大陸相聲的範本或標誌性人物來作為標識，【相聲瓦舍】也好，賴聲川也好，李立群、金士傑，這些人的創作都不是以傳承相聲為目的的。於是，紀慧玲使用「相聲劇」這個名詞，用以指代在劇場裡演繹劇情，扮演角色，但用相聲的方法，相聲的技能創作的作品。我們看到相聲的外皮，但裡面有劇場的祕密，有屬於劇場人的，劇場藝術的，現代藝術精神的文以載道的目的。一點都不學術，也沒有哲學色彩，只是為了方便說明這個作品的樣態。但是賴聲川接受了這個名詞，開始發展這個形式。但我並不堅持要用這個名詞。

王津京：那麼不堅持這個名詞，您認為您的作品應該叫什麼？

馮翊綱：就是相聲啊！

王津京：但是您的作品顯然和我們看到的相聲很不一樣。

馮翊綱：我和宋少卿正式跟「四叔」（常寶華）磕頭的，正規的儀式。但我們並沒有學藝，就是聊天。我們也迷戀「小蘑菇」。我是經常貴祥（常寶堃之子）介紹，拜入師門。相聲的歷代大師也各有不同，劉寶瑞是單口相聲，常寶堃表演形式很豐富，侯寶林、馬三立也各不相同。因此，相聲為何只能有一種樣子？它應該是繽紛多彩的樣態。日本的書場，落語、漫才，那種拉平了，有布景的小喜劇都放在一起演出，這一群人輪番上場，創造出一種劇場氣氛，演出可以進行一整天，人們可以在場間隨意進出。它是總體的，這些不同的形式之間都有關聯，不是所謂戲劇的情節或內容的關聯，而是一種文化氛圍意義上的，精神上的關聯性。在相聲行業裡，讀書人太少，把持著自己的那點兒「權威」，不許別人講話。我肯定跟郭德綱不一樣，跟李金斗不一樣，但我跟相聲絕對沒有不一樣。

當然，我們的相聲說成這樣，也有一個歷史背景，我們畢竟歷經了八〇年代小劇場運動，那時一個重大的社會文化事件就是一九八七年解嚴，我們正是處在那個啟開蒙蔽時代的青年人。那時候，每個人都想找到一扇窗去體現自己，有人去跳舞，有人跑去小劇場吶喊，還有人跑去小劇場脫褲子，裸體。那麼我們就選擇了說相聲，像我的口音在臺灣是很有特色的，我出生在臺灣，不是大陸，不是美國，和你們都一樣，是一個普通的臺灣人，我說的事情與你們有精神上的共振，但我有一個很特殊的口音，奧妙了吧。

王津京：

那麼在相聲表演上，您比較喜歡哪位演員的風格？

馮翊綱：

我非常喜歡侯寶林，我也模仿侯寶林，是以他為理想的。我最早得到的魏龍豪送的錄音帶，第一段就是〈戲劇雜談〉。我最初是聽著錄音帶學過一些京劇，哼哼嗨嗨，不會全本，但一個板式我能唱三四句，結果在〈戲劇雜談〉裡，這些段落就可以連貫起來，成為一個完整的東西，多麼奇妙。我們把〈戲劇雜談〉練會，再講出來，跟侯寶林的講法還是不一樣。

王津京：

在《東廠僅一位》來大陸演出的版本中，我發現您有一句台詞變了，從前您說的是「只要我認為我在講相聲，我講的就是相聲」，來這邊演出您說的是「各種各樣的表演方法我們都要學習」，這是您的觀念有變化還是因為地域不同而改變了說法？

馮翊綱：

這兩個說法其實沒有矛盾，也沒有太多觀念上的不同。我演的就是相聲，但我的相聲也當然會有各種各樣的表演方式，它本來就應該是很豐富的。但是畢竟在這邊有那麼多表演相聲的人，我當然不會強調說，相聲就得是我這個樣子，我找那個麻煩幹嘛呢，這不是我個性啊。（笑）所以這兩個說法其實都一樣，我創作相聲，我也希望能夠讓它更豐富。

王津京：

那麼您認為，相聲在臺灣有一些什麼樣的變化？

馮翊綱：

相聲，在臺灣從語言上來講是比較邊緣化的，雖然有國語推廣，但大部分人日常使用的還是閩南語和客家話，後來因為本土意識抬頭，使這種東西就更顯得特殊，所以能夠被所有人接受的一定是不依賴北京方言和能夠超越地域範圍的一些段子。臺灣沒有相聲傳人，也沒有學校。魏龍豪、吳兆南是在記憶、模仿的基礎上為我們呈現了相聲的聲音。但是傳播上的成功並不等於文化上的落實。傳統相聲以戲曲為題材的數量最多，但是在臺灣要講這些，要從頭解釋到尾，但這種解釋不是教條的，而是在表演的樂趣中進行的。並且，我們能夠把它講得就像是我們自己的事情。像我們最厲害的一個傳統段子，〈黃鶴樓〉，原本只要十幾分鐘，但我們能把它演成四十分鐘的獨幕劇。宋少卿能夠顛覆一些東西，他說：「學長，你看我那麼多通告，我外強中乾，所以張飛出來的時候我會怕，讓張飛出來的時候要打個招呼，『張飛要出來了，別害怕』。」把一個既定的作品變成一個像是私人恩怨，很專屬性的東西，讓這個傳統節目重新與我們相關起來，形成了我們早期階段的一系列的作品。再說到賴聲川老師的舞台劇，讓相聲有了更高度的藝術化，劇場為相聲的題材和表演都帶來更廣泛的空間，甚至讓相聲成為一個評論社會議題的工具。相聲本來在臺灣已經幾乎消失了，但是經由這幾部舞台劇，相聲藝術重新開始受到關注，許多年輕人加入了表演相聲的行業。

王津京：

在我看來，你們的相聲講得特別慢，這是為什麼？

馮翊綱：

賴聲川老師在很早的時候聽到我們說相聲的建議，就是「說慢一點」，因為年輕的時候覺得，嘴上功夫好，就是要說得快，但是說快了，有些資訊或者需要理解的東西會丟失。語速慢，入活兒也慢，在臺灣，人們習慣聽一些皮厚的東西，這跟日本人的影響也有關係，人們喜歡慢慢品味一些娓娓道來的故事。真正對文化有深層次興趣的人會耐心接受。

這也是一個創作態度的問題，是要去迎合大眾想要的那種樂趣，還是忘掉這個東西，專注自己，重視自己要對這個社會發出什麼樣的聲音。我是後者。我探索我與世界、與社會的關係，進行創作。你喜歡，感謝你捧場，你不喜歡，感謝你批評。真的到了有一天沒人願意看了，我說不定還堅持繼續寫呢！

三、從「演員自覺」到「容器狀態」

王津京：

您在很多文章中提到相聲劇的表演應當保持演員自覺，在敘述與呈現之間的一種狀態，能具體解釋一下麼？

馮翊綱：

演員自覺是表演的一部分，所謂的「self」，它必須要和另外兩個層次放在一起。第一個是「character」，表現於觀眾看到的角色，你今天演的是武松還是老虎，你演的是武松，那就要像武松，急忙趕路，人說三碗不過崗，你仗著膽量非要過崗。第二個是「performer」，你是武松嗎？不是的，你是在呈現《武松打虎》這齣戲，你是個說故事的人，你不能把老虎真的打死，因為他是你的舞台搭檔，有一些人經常在台上把他的搭檔撞得鼻青臉腫的。因為太過專注角色，完全投入，沒有控制，角色與演員有個成分比例的問題。第三，自覺是什麼呢？我是裴豔玲，看看裴豔玲打老虎。一亮相，我是裴豔玲！（鼓掌）換過我是馮翊綱，該怎麼打老虎？差別在這！當你已經是個角兒，是這樣解釋。還不是的時候，戲校學生亮相，也給他留了空間，文武場鑼鼓點「崩—登—倉」！一亮相，請鼓掌！自覺是統攝全部的，魅力、技藝、名聲、藝德，整體的、玄妙的、藝術層次的問題。不止是自信，還有演員在社會上的名聲等等。自覺是幫助人成長的東西，有角色與演員相互的東西。演出當下，有一項我稱之為「殺人執照」，就是調皮的宋少卿可以在台上找歪理數落任何一個觀眾，觀眾不但不生氣，而且還很高興，覺得「哎呀，講到我了」。這個就是演員自覺達到一定程度的一種表現。

王津京：

根據大陸的曲藝理論，我們認為，曲藝是演員以本色身分用口頭語言進行敘述表演的藝術形式。您說的演員自覺是否和這樣的本色身分有一些聯繫？

馮翊綱：

首先，「本色」這個詞在古典戲曲理論中有特殊的含義，在臨川和吳江兩派的論爭中，「本色」概念的內涵存在很大的差異，我認為這個詞的借用可能會有問題。那麼，如果說相聲表演的這種不化身角色是一個特性，那麼戲曲也是。梅蘭芳再怎麼裝扮，他還是梅蘭芳，你不可能把他完全當成角色，你看的還是梅蘭芳，觀眾對於演員的接受，始終伴隨在觀賞過程中。從演員成長的角度來講，無論戲曲還是曲藝，始終有向標竿演員看齊的理想。不是都想成為梅蘭芳嗎？不是都想成為侯寶林、馬三立嗎？難道有哪個演員甘願成為某個劇中角色嗎？但就在這個演員向標竿演員靠近的過程中，這種自覺使演員不斷成就角色，也不斷成就自己。所以，郭德綱並沒有成為侯寶林，他成為郭德綱了。

王津京：

戲曲表演是有行當劃分的，那麼相聲的捧逗是不是也屬於行當劃分？

馮翊綱：

我有一個觀點叫做「擬角色」。在對口相聲中，兩個演員一逗一捧，在發展中逐漸固定站的位置和表演準則。那麼要繼續進步，就要容納見解，保持彈性。在【相聲瓦舍】的作品中，傳統的對於捧逗的描述並不盡然能套用在我們身上。如果把捧逗做為行當可能會限制創作，我尤其不喜歡那種「A、B」，「甲、乙」的稱謂，太冷酷了，簡直不負責任。曾經有一段時間，我是直接用「馮翊綱」、「宋少卿」和「黃士偉」的名字，但是又覺得，如果以後有人要繼續搬演我們的作品，那麼這些名字是不是又妨礙想像了呢？所以既要有創作特色，又要給作品留活路，那麼就在《說金庸》那個作品中使用了《狀元模擬考》中的戚百嗣（七百四）和伍實久（五十九），這是介乎演員和角色之間的「擬角色」。當然，也許隨著以後的創作，這個觀點也有可能被推翻。（《賣橘子的》三個角色名為「魚容」、「芥蘫」、「六穀」。《弄》的三個角色名為「千呼」、「萬喚」、「青衫」。）

王津京：您也表演話劇，那麼您在表演話劇和在相聲劇或者在相聲中的表演狀態有什麼不一樣？

馮翊綱：沒有什麼不一樣，我心中沒有你說的那個區劃。一九九六年，我和金士傑主演《美國天使》[2]，這是一個同性戀題材的故事。金士傑扮演那個一輩子沒有「出櫃」的老gay。我扮演那個極為想「出櫃」，但沒有勇氣突破的摩門教徒，因為他同時還是個地方檢察官，要掩飾自己。我演這個角色和我演《戀馬狂》當中的那匹馬肯定不一樣。《美國天使》裡，我扮演檢察官，那麼我要相信我是一個檢察官，是一個同性戀者，是一個摩門教徒，還要相信我是個美國人。要消化理解，從寫實的，斯坦尼斯拉夫斯基體系的

2 一九九六年，賴聲川導演百老匯戲劇《美國天使》，改名為《新世紀，天使隱藏人間》。

角度去想像，靠一些書籍資料去了解相關的情況。我演《戀馬狂》裡面那匹馬，那個造型是一個鏤空的馬頭，套在頭上，仍然看得到是馮翊綱在演。那麼我要了解的有宗教、潛意識、馬的獸性和牠在劇情中的情感等等，這個戲是非寫實的。這兩個角色不一樣，表演前的功課不一樣，與我演《那一夜，我們說相聲》、演《寶島一村》都不一樣。

王津京：

那麼相聲劇是不是就輕鬆多了，就像在演自己？

馮翊綱：

相聲劇也不是在演我自己，雖然是我創作的，但劇中的我仍然是另一個精神力，如果近十年來你看到我在任何戲裡都是同一個樣子，那我就對不起你啊。（笑）這些不一樣不是因為你所分類的劇種不一樣，而只是因為作品的題材和表現出來的精神影響不一樣。再次強調，我心中沒有那個區劃，相聲、相聲劇、話劇，沒有。我也唱京劇，和唐文華[3]反串《鎖麟囊》，我演梅香，《春秋亭》那一場，每一個叫板都是梅香叫的。我之前沒有登台唱過戲，那次準備工作主要是音樂上，唱腔上。我要說的是，表演的不同只是採用的手段和練習的方向不同，但表演的精神狀態和心理準備上沒有什麼不一樣。一個演員準備好一個容器狀態，那裝什麼都可以。

四、創作中的文化理想

王津京：您一向都在呼籲對於文化的重視，無論是您的作品還是文章。

馮翊綱：

文化才是真正能夠實現長治久安的事業，但是現在很多人並不懂這一點。余秋雨有一次在日本神戶的演講談到中華文化，說中國人有三個「不喜歡」：不喜歡遠征、不喜歡極端、不喜歡失控，這是中華文化得以延續的原因，但同時也使中國人缺乏前瞻性，總是回顧漢唐，相應地產生三個「不在乎」：不在乎公德，不在乎真假，不在乎創新。我對於不在乎創新就特別有感觸。很多人討論問題的時候特別喜歡「取得共識」，一旦「取得共識」，創意就被抹殺。因為創意就是特立獨行，雖千萬人吾往矣！傑出的創意，附帶的就是強烈的個人意識，也容易遭到反駁。這麼多年我的作品經常被人懷疑甚

---

3 唐文華，臺灣京劇演員，工老生。

至否定，我覺得這也是好事，我本來也不是為了「取得共識」而創作的。那場演講之後的討論，有一位六十多歲的男士提出一個比喻，一艘輪船在海上航行，螺旋槳的三片葉子要不斷地調整、校正才能保持航行平穩。如果把螺旋槳的三片葉子比喻為政治、經濟、文化，那麼過度重視文化是不是會使螺旋槳施力不均，導致輪船原地打轉呢？這個比喻很好！那麼我就此延伸一下，如果知道過度重視文化會使發展的力度不均，那現在的政治狂熱，或者過度強調經濟發展是不是造成現在許多問題的原因呢？

王津京：

您的作品中經常涉及政治諷喻內容，很多精采的段落觀眾都很喜歡，那麼您的態度是怎樣？

馮翊綱：

我對任何一個想要搞獨裁的專制的政黨都不滿，但我也不是無政府主義者，政治是一種社會管理方式，它有它的存在意義，但我對政治本身不感興趣。我只是懷著一種理想主義的態度，認為人類更理想的生存狀態還是一種自我約制。

我認為我應該是唐朝人，我站在大明宮的地基上，看著長安城，那就是黃巢之亂後一千年，長安的光榮再也沒有恢復過，只有亂後的餘韻一千年。黃巢本來也是希望參與治理天下的，算是一個有理想的人，但他沒有辦法和天下英傑在一起，只能和一群造反的人，想要搶皇宮裡東西的人在一起，最後這些人把他的天下燒掉了。我對政治不感興趣，我只是對人在天地之間，在時空中的那種惆悵，嚮往一個盛世，嚮往一個人人彬彬有禮的、博愛的世界而不可得的狀態，感到愴然。

王津京：

關注您的作品十幾年了，發現近些年您的作品有了許多變化，不再那麼關注時事問題了。

馮翊綱：

首先，「時事哏」其實在我的作品中並不占多數，因為它過了一定的時間就沒辦法再用了。而且，從前三十多歲的時候，我也是個憤青啊，剛當完兵，又可以開始創作了，一天到晚看到各種雞鳴狗盜的現實，覺得很氣憤，一定要說出來。所以那時候寫〈十八層公寓〉、〈戰國廁〉，戰國的廁所，為了搶廁所而戰，以眷村為背景，其實講的就是歷史，從秦漢到明清。為什麼要在那個時候講歷史，因為當時正開始「去中國化」，尤其像我，父母都是大陸來的，我這個類型的創作者，雖然很憤怒，但是更想通過我的作品進行一些軟性的調侃，看看我們的歷史，如果你認為你不是中國人，但我可以是。在以「去中國化」為熱中的社會，堅持要做「堂堂正正的中國人」，豈不是地獄？最後就形成一個〈十八層公寓〉，我們根本就住在十八層地獄裡。後來就漸漸對一些比較浪漫的事情感與趣了，因為一個執政者，任期四年、八年，為他寫個東西，就讓他千秋萬代了，划不來。我們創作者的事業是終身的，從前可能帶著大家生氣了，不好，現在有些年齡了，不需要憤怒了，希望能夠帶給大家一些典雅的、溫柔的幽默，這樣大家也會跟著一起轉化吧，轉化一些對世界的看法。

王津京：

您的作品中常常在呼籲打破省籍情結。

馮翊綱：

對啊，我不要再被叫做「外省人」。之前大選民調，我第一次接到民調電話，他是隨機打電話的。跟我說，《中國時報》想對這次縣市長選舉進行民調，我說好。問到最後一個問題，「請問你的族群屬性，這個是單選題。你是臺灣閩南人？」我說不是。「你是臺灣客家人？」我不是。「你是臺灣原住民？」不是。「你是新住民？」新住民指的是外籍移民，不是。「那你是大陸各省市？」我說我爸爸是。對方說：「你就是。」我說我不是，你在對我做民調，不是對我爸爸，我爸爸是陝西人，我媽媽是河北人，但我是出生在臺灣的。

他說：「那對不起，沒有其他選項。」我說，那就當世界上沒有我這種人，就忽略我吧。

另外，還有一些人覺得你是臺灣人就要講閩南話。我去買鹽水鴨，後台演員、工作人員多，我拎了好幾隻，旁邊一個老太太就問：「（閩南語）你買那多予誰人呷啊？」她聲音小，我湊耳朵問說：「啊？」她以為我沒聽懂：「（閩南語）啊？你臺灣人未曉講臺灣話啊？」奇怪呀？憑什麼「閩南話」是「臺灣話」呀？我老婆一家都是講閩南話，我當然會聽會講，但是憑什麼我一定要講？我是一個生於天地間獨立的人，我講什麼語言，什麼口音，憑我自己高興！這是我經常想告訴各位讀者和觀眾的，我希望每個人都能夠做為一個獨立的個體，找到自己生命的獨立價值。

王津京：

今後還會堅持這樣的創作方向麼？

馮翊綱：

當然啊，下一個創作靈感來自《古文觀止》，劉伯溫買橘子，「金玉其外、敗絮其中」（二〇一五年首演《賣橘子的》），這個社會太多假裝的東西，訛誤的東西，我是個賣橘子的，但不給你挑好的橘子，樹上的、籃子裡的都放在這，以你的能力、智慧去選擇，你選到好的，是你的本事。

採訪小記：

二〇一五年七月十八日，《寶島一村》即將在廈門嘉庚大劇院上演。在廈門藍灣半島酒店，我有幸見到馮翊綱老師。關注他的作品十幾年了，幾乎每一部都爛熟於心，但很奇怪，與他的對話展開得有些艱難。當我帶著從書本習得的戲劇、曲藝概念和區別想將他的作品描述出來時，卻受到他頗多懷疑。本以為熟知他的作品，對他的創作觀念也有相當程度的了解，但在許多問題上竟然難以與他溝通。我時時能感到，人過中年的他在創作觀念與思想觀念上仍然有年輕人的倔強。他是一個思維活躍、不拘舊格的藝術實踐家，是一個態度鮮明、滿懷理想的文化堅守者，我深深地為他在藝術上的堅持而感動。

跋

一百根稻草

【相聲瓦舍】的演出現場，經常舉辦簽名會。也是因為我們必定出版影音光碟與劇本書，為購買者簽名，是很好的公關互動。觀眾們總是有序、開心地，遵循現場引導排隊，一一通過簽名檯，我與少卿、士偉，與大家微笑點頭，有時，會有很熱情的觀眾，說上幾句很暖心的話，更有人畫圖、畫卡片、送上手工禮物，我們都好榮幸！好喜歡！一些可愛的年輕人，難掩激動與奮，心跳加速地對我們說「謝謝」，我們都牢牢記在心上，當作是對下一部作品的期許。

原本，為了現場秩序，行政人員管制拍照。但我建議，改為軟性忽略，我們不禁止觀眾隨意拍照，但為了儉省人群排隊時間，也不配合合照。

狀況就來了。

一部分的觀眾不再跟我們打招呼，他來到簽名檯前，趁我們簽名時，把我們當作打卡背板，回身自拍。更有家長指揮著他的少年子弟，只需以我們為背景拍照，卻不提醒孩子應向長輩問好。他們在乎「到此一遊」的個人影像炫耀，卻忘了背後是今晚取悅了他們的三位藝術家。

我滿難過，一度想取消簽名會，但顧念大部分人仍是重視人際互動的，忍耐下來。這其實是小事，許多人甚且不認為該介意。

何謂稻草？就是輕之又輕，令人不該介意、不忍追究的小事。人們每天被一兩根稻草騷弄，根本不以為意。七八根稻草挑弄，也在忍受範圍之內。遭遇十來根稻草戲弄，自認倒楣，還要規束自己，不要為難別人。

於是，稻草就被忍耐下來，放任在四處飄散，沒有哪一根會是最後一根，也壓不死駱駝。但是，一百根稻草可以結成草墩子。一百束草墩子，絕對夠塞成一個大草包。總共只要塞成兩千三百個草包，國家（管你喜歡叫他什麼名字）就品質滅亡了。

以下列舉會「弄」到我的一百根稻草：

（不看場合，照不完的相。）
（不看場合，滑不完的手機。）
（不看場合，總是戴著帽子。）
（不看場合，一律穿人字夾腳拖。）
（行進中突然停止。）
（行進中突然調頭。）
（行進中突然後退。）
（三四人並肩，如推土機般剷行。）
（車輛不禮讓行人。）
（行人認為應該被禮讓而故意慢行。）
（搭乘手扶電梯錯誤認知必須讓出一邊。）
（坐在車站大廳地板上。）
（無端輕視年長者。）
（年長者為老不尊招致輕視。）
（誤解博愛座的意義。）

- 在大眾交通工具座位上放肆處理個人面容、衛生。
- 同排座椅，有人一直抖腳。
- 假裝沒看到大家在排隊。
- 使用公共吹風機吹頸部以下的身體部位或下身衣物。
- 在飯店裡穿著房間軟拖鞋逛大廳、進餐廳。
- 站在桌邊等候用餐空位。
- 專車定點接送的職業乞丐，且有人給錢。
- 有計畫的裝可憐，高價賣賤貨，且有人給錢。
- 計畫性假購買，技術性退貨。
- 用手摸架上販賣的食物。
- 用手摸公共藝術。
- 往自己不喜歡的銅像上噴漆。
- 往自己不喜歡的公共藝術上噴漆。
- 往自己不知道該不該喜歡的古蹟上噴漆。
- 反正不住在這裡，不用幫忙關公用大門。

✓ 縱容兒童在餐桌間奔跑追逐嬉鬧蹦跳。
✓ 在河灘、水邊等看似可以的空地私人耕作。
✓ 餵食動物園動物。
✓ 餵食流浪動物。
✓ 餵食野生動物。
✓ 強迫或誘導動物表演。
✓ 幫寵物講理由。
✓ 網路酸民酸言酸語。
✓ 現場看戲，跟著演員大聲說台詞。
✓ 各種人頭灌票行為。
✓ 各種黃牛票。
✓ 各種打人霸凌事件。
✓ 各種酒駕事件。
✓ 各種假車禍事件。
✓ 各種詐欺侵占事件。

- 各種以髒話為諧音的遊戲名與影片名。
- 不斷播放的遊戲廣告。
- 近距離抓搔頭髮，且飄散粉屑。
- 旁若無人，照鏡抓瀏海。
- 旁若無人，撥甩長髮。
- 在密閉升降梯裡各種口腔生理反應。
- 在密閉升降梯裡其他器官生理反應。
- 在密閉升降梯裡持續大聲進行剛才未完結的嬉鬧或八卦。
- 公然將不同方言習慣的人區劃為不同族群。
- 公然以不同方言習慣區劃而設置政府機構。
- 公然以不同方言習慣區劃而計算選票。
- 故意假裝自己有某種方言口音。
- 故意搬弄「納稅人」一詞以施壓。
- 故意搬弄「選民」一詞以施壓。
- 故意搬弄「網友」一詞以施壓。

√ 省麻煩，在國外露臉的一律冠稱「臺灣之光」。
√ 多位藝人叫「天王」、「天后」。
√ 更多藝人叫「小天王」、「小天后」。
√ 「女神」、「妹」、「男神」、「小鮮肉」。
√ 「PPAP」、「藍瘦香菇」、「你是我的小蘋果」。
√ 「然後」、「就是」、「然後」、「就是」。
√ 「俗擱大碗」。
√ 「小確幸」。
√ 「真假的」。
√ 一律用「不好意思」當發語詞。
√ 歧視同性戀。
√ 反貶異性戀。
√ 明知「台客」是黑話而故意多講。
√ 明知「外省仔」有輕蔑意味而故意多講。
√ 明知「台日」無所謂混血而故意多講。

✓明知「人妻」有色情意味而故意多講。
✓明知是「哏」，故意說「梗」。
✓允許以「有教化可能」為藉口。
✓以為維基百科可以是標準答案。
✓錯誤描述「熊貓」為「貓熊」，且引用假造的來源證據。
✓不知道國內知名商圈應叫「新堀（窟）江」。
✓不知道外國知名景點應叫「道頓堀（窟）」。
✓公然撒謊。
✓撒謊，然後再編一個理由。
✓不覺得自己遲到。
✓遲到，甚至不編一個理由。
✓認為理所當然有大學可唸。
✓認為大學畢業就該有工作。
✓認為工作就應領有夠花的薪水。
✓認為工作年限到了就可以退休，錢要照領。

- 放颱風假會覺得好爽。
- 因為某外國人當選總統而興奮。
- 因為某外國人落選總統而沮喪。
- 因為有補助，所以要加「文創」字眼。
- 不認同國號，所以不必守法。
- 沒有投票給這個政府，所以不必守法。
- 以為自己當然算是文化人的流氓。
- 擺明不懂文化的地方政治人物。
- 假裝理解文化的中央政治人物。
- 自認精通文化的高級政治人物。

以上。也會「弄」到你嗎？

當代名家

弄

2017年2月初版 定價：新臺幣280元

著者	馮翊綱
總編輯	胡金倫
總經理	羅國俊
發行人	林載爵

出版者	聯經出版事業股份有限公司	叢書主編	陳逸華
地址	台北市基隆路一段180號4樓	封面設計	陳代樺
編輯部地址	台北市基隆路一段180號4樓	內文插圖	69
叢書主編電話	(02)87876242轉224	校對	吳美滿
台北聯經書房	台北市新生南路三段94號		
電話	(02)23620308		
台中分公司	台中市北區崇德路一段198號		
暨門市電話	(04)22312023		
台中電子信箱	e-mail：linking2@ms42.hinet.net		
郵政劃撥帳戶第	0100559-3號		
郵撥電話	(02)23620308		
印刷者	世和印製企業有限公司		
總經銷	聯合發行股份有限公司		
發行所	新北市新店區寶橋路235巷6弄6號2樓		
電話	(02)29178022		

行政院新聞局出版事業登記證局版臺業字第0130號

本書如有缺頁，破損，倒裝請寄回台北聯經書房更換。 ISBN 978-957-08-4869-4 (平裝)
聯經網址： www.linkingbooks.com.tw
電子信箱：linking@udngroup.com

國家圖書館出版品預行編目資料

弄/馮翊綱著．初版．臺北市．聯經．2017年2月（民106年）．
240面．14.8×21公分（當代名家）

ISBN 978-957-08-4869-4（平裝）

854 105012068